# Bleib wach und lies!!

Gedankenwolken von und mit

Michaela Kaiser

Ein Band mit Kurzgeschichten

Bibliografische Information der Deutschen Nationalbibliothek:
Die Deutsche Nationalbibliothek verzeichnet diese Publikation
In der Deutschen Bibliografie, detaillierte bibliografische Daten
Sind im Internet abrufbar über: http://dnb.dnb.de

Umschlag und Text: Michaela Kaiser
© 2017
Herstellung und Verlag: BoD-Books on Demand, Norderstedt

Bleib wach und lies!!
Erschienen 12/2017

ISBN: 978-3-7460-3288-7
€ 8,50

# Liebe im Kornfeld

Roter Mohn im Kornfeld glüht!
Überschwänglich aller Freuden.
Ach, du Herz, wie brennt im Lied
Dieser roten Blumen Weisen.

Roter Mohn im Kornfeld brennt!
Und der Tag brennt in ihm nieder
Armes Herz, warum bekennst
Du nicht deine Liebeslieder?

Roter Mohn, ach du allein,
sollst Zeuge meiner Flamme sein.
Die für ihn ganz allein
Liebestränen weint im Hain.

Roter Mohn im Kornfeld weint!
Tau benetzt sind deine Lippen
Morgenrot fand mich allein
mit des roten Mohnes Zittern.

Roter Mohn im Korn verbrennt!
Mit der reifen Frucht, der Schnitter
mäht, und alles nimmt ein End.
Noch eh der Mohn im Korn verbrennt.

Wenn nicht eine liebe Hand
eine kleine Weile noch
birgt als Liebesunterpfand
**roter Mohn, dein Liebgewand.**

# Am Anfang steht das Wort

Ein weißes Blatt Papier ist für die meisten Menschen nur das – eben ein weißes Blatt Papier. Es könnte ebenso gut gelb, blau oder rot sein, es bleibt eben nur ein Blatt Papier. Für einen Autor kann es aber auch etwas ganz anderes sein. Ein weißes Blatt Papier kann in uns die unterschiedlichsten Gefühle auslösen. Vorfreude, Hoffnung, Beklemmung, aber auch Bedrohung oder Furcht, je nachdem.

Ich denke, dass nicht mehr viele Autoren vor einem echten Blatt Papier sitzen, es wird mittlerweile der nackte, weiße Bildschirm sein. Und dieser Cursor, der da oben blinkt. Und doch bleibt es dabei, ob auf Papier oder digital: Am Anfang jedes Romans, jeder Kurzgeschichte steht ein Wort.

Bei mir ist es so, dass ich vor dem ersten Wort auf dieser weißen Fläche die Kurzgeschichte schon fertig im Kopf habe. Natürlich nicht explizit, aber ich weiß, wie ich anfangen will und wie der Clou am Schluss sein wird. Aber um in die Geschichte einsteigen zu können, muss natürlich vor alledem eine Idee vorhanden sein. Woher kommen nun die Eingebungen? Ich mag meine Geschichten so nah wie möglich an der Realität. Daher kommen meine Ideen aus ganz alltäglichen, banalen Begebenheiten. Das kann eine Zeitungsnotiz sein, eine Bemerkung unter Freunden oder eine Beobachtung.

Ein Beispiel: Ich war zu einem Essen in größerer Runde eingeladen. Da unterhielten sich viele Leute und ich konnte natürlich meine Ohren nicht überall haben, zudem ich mich auch noch mit meinem Tischnachbarn im angeregten Gespräch befand. Doch eine Bemerkung von dem Pärchen am Nachbartisch schwebte wie eine Offenbarung zu mir. Der junge Mann fragte seine Partnerin: "Sag mal, du hattest doch immer Ziegen, leben die eigentlich noch?" Bis das Essen vorbei war, hatte ich meine Kurzgeschichte fertig. Sie handelt von den Ziegen des Hausherrn, der seinen Gästen aber nicht nur Ziegenbraten anbietet, sondern auch Gerichte aus diversen anderen Tieren sowie unliebsamen Nachbarn. Zugegeben, ziemlich schwarzer Humor, aber so entstehen nun mal meine Kurzgeschichten.

Es kann aber auch geschehen, dass sich die Story verselbstständigt. Denn am Anfang steht DAS Wort und es muss sich ja zum Ende hin logisch entwickeln. Also der Mittelteil muss die ersten und letzten Wörter verbinden. Es ist mir auch schon passiert, dass die von mir gewählten Protagonisten sich auf dem Weg anders entschieden und die aus den Tasten rauschenden Wörter, früher nannte man es 'aus der Feder fließen', schließlich nicht mehr zu dem von mir gewählten Ende passen wollten. Das ist eher kontraproduktiv. Dann habe ich nur zwei Möglichkeiten. Ich kann den Mittelteil der Kurzgeschichte so verbiegen, dass es zum Ende passt. Klappt aber meistens nicht. Oder ich kann den Protagonisten ihren Willen lassen und mein Ende ihren Wünschen anpassen.

Das ist bei einer Geschichte geschehen, die ich erst kürzlich zu Papier brachte. Dabei handelt es sich tatsächlich um einen Traum, den ich hatte. Ich träumte von einem Paar, Julia und Max, die sich verabredet hatten, er aber zu spät kam. Weswegen sie schon alleine losging und zwar zur Bushaltestelle, denn er hatte das Auto. Nun sollte Max hinterher fahren und sie nicht finden und sie sollte für immer verschwunden bleiben, also eine Geschichte ohne Ende, so gesehen. Beim Schreiben entschied sich Max aber, hinter ihr her zu laufen und plötzlich sind beide im dunklen Park und sie glaubt, es mit einem Überfall zu tun zu haben und so nimmt die Sache ein ganz anderes Ende, als ich es gedacht hatte. Es endet nicht gut für Max, aber: selber schuld, hätte er auf mich gehört! Aber nein, er musste ja laufen!

So gesehen machen Kurzgeschichten mir mehr Freude als ein ganzes Buch. Sie sind kreativer, spannender, überraschender. Auch für mich. Man könnte jetzt einbringen, dass ich ja im Grunde der Kapitän bin und daher den Kurs bestimmen sollte. Aber so ist das eben nicht immer so und das ist auch gut so.

An einer Kurzgeschichte schreibe ich meistens zwei bis drei Tage. Dann drucke ich sie aus und lasse sie einige Zeit liegen. Danach entscheide ich, ob sie es wert ist, überarbeitet und veröffentlicht zu werden, oder ob die Grundidee eher dämlich war und die Geschichte im Reißwolf landet. Das kann auch passieren, natürlich, nämlich wenn ich zu euphorisch an die Sache heran gehe und überwiegend gefühlsorientiert etwas aufschreibe, dem ich später nicht mehr folgen kann. Eine dieser in Hochstimmung verfassten Darstellung ist: Morgen. Eine Überlegung, die mir so im Dämmerzustand zwischen Traum und Wachen gekommen ist und die ich gleich nach dem Aufstehen aufschrieb. Diese

Kurzgeschichte passte aber auch später noch, und ich musste sie in keiner Weise irgendwie verändern oder korrigieren, die sprang so auf den Bildschirm und genau so habe ich sie gelassen.

## *Morgen*

Ganz langsam tauche ich aus meinem Traum auf. Es ist kein plötzliches Erwachen, kein jähes Hochschrecken, sondern ein ganz behutsames, ganz allmähliches Auftauchen. Ein sanftes Dahingleiten auf den letzten Flügelschlägen eines Traumes, der unter mir in der Dunkelheit verschwindet und bald nur noch der Hauch einer Erinnerung ist. Nach und nach spüre ich meinen Körper. Schwer schmiegt er sich in die Matratze, aber doch federleicht, ich spüre ihn fast gar nicht. Als ob ich im Wasser schweben würde. Ich nehme wahr, wie sich das Gewicht meines Kopfes in das Kissen drückt. Ich stelle mir vor, wie die langen, nächtlichen Stunden ein Abbild meines Profils in das Kissen gemeißelt haben. Wenn ich jetzt meinen Kopf heben würde, dann würde mein Gesicht immer noch im Kissen sichtbar sein. Ich liege auf der rechten Seite, eine Hand unter dem Kissen. Beide Beine sind angewinkelt und ich spüre das Gewicht des linken Beines auf dem rechten. Aber es ist immer noch fast schwerelos. Dann spüre ich, wie sich der rechte Hüftknochen in die Matratze drückt und die rechte Schulter das Körpergewicht nach unten abgibt.

Vorsichtig öffne ich ein Auge und sehe die Projektion des Weckers an der Wand. 6:55 Uhr. Es ist dämmrig. Der Rollladen ist nicht ganz geschlossen und winzige Lichtpunkte sind sichtbar. An der Helligkeit erkenne ich, dass die Sonne schon über den Bäumen aufgegangen ist und in mein Fenster scheint. Das heißt, es würde hinein scheinen, wenn ich jetzt den Rollladen hoch ziehen würde. Ich überlege, welcher Tag heute ist. Muss ich überhaupt aufstehen? Ist es vielleicht Sonntag? Ich überlege, während mein Gehirn ein wenig weiter auftaucht. Was habe ich gestern gemacht? Nein, jetzt weiß ich es wieder. Es ist nicht Sonntag, das heißt, ich habe noch genau zehn Minuten Gnadenfrist in diesen weichen Kissen.

Langsam schließe ich mein Auge wieder und horche. Nichts. Die Welt steht still. Ich versuche, mich wieder in den Traum sinken zu lassen. Ich weiß noch, dass es ein guter Traum war. Doch auch der Hauch der letzten Erinnerung an den

Traum verweht und es bleibt nur ein Gefühl des Friedens. Ich horche in meinen Körper hinein. Auch dort scheint alles zu ruhen. Dann höre ich doch noch ein Geräusch. Ein sanftes Klopfen, ein wisperndes Rauschen. Ich begrüße mein unermüdliches Herz mit einem freudigen Gedanken und es antwortet mir mit kräftigen, beruhigenden Schlägen. Ich sende meine Dankbarkeit in seine Richtung. Dankbarkeit für die vielen Millionen Schläge, mit denen es in den vergangenen Jahrzehnten diesen Körper am Funktionieren gehalten hat. In meiner jugendlichen Überheblichkeit habe ich damals keinen Gedanken daran verschwendet, wie viel Mühe und Last dieser kleine Muskel mit mir hatte. Wie hart und unerbittlich ich daran arbeitete um ihn zu schädigen! Ich habe versucht, ihn mit Alkohol zu ertränken, mit Tabak zu vergiften und mit zu wenig Schlaf zu schwächen. Ich habe das Blut, das er so zuverlässig durch meine Adern pumpt, mit zu fettem Essen überladen, so dass das Herz doppelt so viel zu tun hatte. Ich habe mich trotz mangelnder Fitness verausgabt und von ihm verlangt, trotzdem weiter zu schlagen und alle anderen Muskeln mit ausreichend Sauerstoff zu versorgen. Nicht einmal hat es ausgesetzt, nicht einmal gestreikt, nicht einmal geschwächelt. Ich danke ihm heute dafür und bitte, wie jeden Morgen, um Verzeihung für meine Dummheiten.

In seinem Takt spüre ich das Blut in meinen Ohren rauschen. Dann nehme ich auch meinen leisen Atem wahr, der diesem Herzen, diesem Blut, immer neuen Sauerstoff zuführt. Staunend spüre ich dieses Wunder, das sich Leben nennt. Und ich danke der göttlichen Evolution, dass es mich gibt. Dass ich empfinden, träumen, erwachen, leben darf. In diesem Körper voller Wunder. In dem Millionen Einzelteile perfekt zusammen arbeiten, perfekt funktionieren. Trotz täglicher Gefahren, möglicher Fehlzündungen oder Systemabstürzen.

Dann summt mein Wecker, ich wache ganz auf und der Tag beginnt.

# Blaumeise im Ausnahmezustand

Wie jeden Morgen wollte ich mit dem Auto zur Arbeit fahren, als mir auffiel, dass die gesamte Beifahrertür voller Vogelkot war. Ich schaute mich um, aber da waren nur die üblichen Verdächtigen. Eine Kolonie Kohlmeisen, die schon seit Jahren im nahen Wald wohnten. Etliche Paare hatten es sich auch in unseren Vogelhäuschen bequem gemacht und sorgten jedes Jahr für reichlich Nachwuchs. Drei Pärchen Buchfinken, die stets die ersten am Futterhäuschen waren. Zwei Blaumeisen, mindestens vier Grünlinge und zwei Spatzen. Und Bachstelzen, aber die kamen nur selten. Aber dass sie unsere Fahrzeuge derart verschmutzten, nein, das war noch nie vorgekommen.

Grummelnd holte ich einen Eimer Wasser, einen Schwamm und reinigte die Tür. Es war früher März und recht frostig so zeitig am Morgen. Die Aktion trug nicht zur Heiterkeit meinerseits bei. Und es war mir unverständlich, warum die Vögel nun plötzlich mein Auto als allgemeinen Abort ansahen. Hatten ihnen meine Körner nicht geschmeckt?

Als ich abends wiederkam, hatte ich den Vorfall vergessen. Der nächste Tag war Samstag und ich musste nicht wegfahren. Auch stand ich etwas später auf, ließ den Hund auf den Hof und staunte nicht schlecht, als ich die Beifahrertür schon wieder vollgekotet fand. Wütend zog ich mich an und machte mich an die erneute Säuberung des Vogelklos. Bei genauerer Inspektion fand ich auch die Fahrertür beschmutzt.

„Na wartet", schimpfte ich. „Euch kriege ich! Und wenn ich das Auto unter Strom setzen muss!"

Was ich natürlich nicht tat. Doch nahm ich mir vor, das Auto im Blickfeld zu behalten, um den Übeltäter ausfindig machen zu können.

Am Nachmittag kam mein Mann von einer längeren Dienstfahrt zurück und ich erzählte ihm das Missgeschick. Er lachte nur und meinte, dass die Vögel sehr nationalbewusst wären, denn ein deutsches Auto würden sie wohl nicht vollscheißen.

„Ach, und meinen Franzosen wohl, oder was?"

„Ja, ganz klar. Ausländerfeindliche Vögel!"

Obwohl ich mir in keinster Weise vorstellen konnte, wie ein Vogel zwischen einem Renault und einem Opel unterscheiden könnte, sagte ich erstmal nichts. Vielleicht irritierte das Federvieh die blaue Farbe? Auf jeden Fall beobachtete ich mein Auto weiter, konnte aber keinen Delinquenten ausmachen.

Der nächste Morgen brachte erstmal keine Überraschung. Gut, meine beiden Türen waren wieder voller Kot. Aber dann musste ich doch lachen, denn auch das „deutsche" Auto hatte seinen Senf, sprich Kot, abbekommen. Schnell holte ich meinen Göttergatten und zeigte ihm triumphierend die schmutzigen Türen an beiden Autos. Nachdem wir diese nun wieder gereinigt hatten, legten wir uns auf die Lauer. Wir stellten die Fahrzeuge so, dass wir sie immer im Blickfeld hatten. Am frühen Nachmittag beobachteten wir dann eine winzige Blaumeise. Es musste ein Tier aus dem letzten Sommer sein, denn es war wesentlich kleiner als alle anderen Vögel. Die Meise war auf dem Weg zum hausnahen Futterhäuschen, als sie plötzlich abdrehte und im Sturzflug auf den Seitenspiegel meines Autos losging.

„Aha, jetzt geht's los!", flüsterte ich und wir schauten gebannt aus dem Fenster. Die Blaumeise setzte sich erst auf den Spiegel, schaute dann hinunter und piepste empört auf. Dann ging sie zum Angriff über. Mit viel Flügelschlagen, wütendem Piepsen und zornigem Hacken auf den Spiegel attackierte sie den vermeintlichen Widersacher, der ihr aus dem Spiegel mit ebenso wildem Flügelschlag Paroli bot. Und ich war erstaunt über das enorme Darmvolumen des Winzlings. „Ich glaube, wir füttern sie zu reichlich!", meinte mein Mann. Dann flog der Vogel zum nächsten Spiegel und das Spiel ging weiter. Das Tierchen schaffte es tatsächlich, alle vier Rückspiegel im Laufe einer halben Stunde zu attackieren und selbstverständlich auch, alle vier Türen mit hässlichen, weißen Kotstreifen zu verunzieren. Dann setzte es sich zufrieden ans Futterhäuschen und stärkte sich, bevor es wieder in den Wald flog.

Wir liefen nach draußen, um die Schweinerei abzuwaschen und überlegten, was wir dagegen tun konnten.

„Wenn wir so ein neues Auto hätten, da kann man die Spiegel einklappen, das wäre gut!", meinte ich.

„Ja, haben wir aber nicht. Ich glaube, es reicht, wenn wir die Spiegel abdecken. Wir hängen einfach ein paar alte Handtücher darüber. Der Vogel kann sich dann nicht mehr sehen und die Kackerei hört auch auf!"

„Meinst du, das wird reichen?"

„Ja, klar. Der spinnt bestimmt nur so, weil er sich im Spiegel sehen kann und denkt, es wäre ein anderer Vogel. Na ja, ob er denkt oder nicht, das weiß ich natürlich nicht. Können Vögel denken?"

Wir holten dann einige Tücher und bedeckten die Spiegel, um die aufgeregte Blaumeise von weiteren Aktionen abzuhalten. Beruhigt gingen wir früh zu Bett.

Der nächste Morgen war sehr frostig. Nach einem kurzen Blick aus dem Fenster stellten wir fest, dass die Scheiben der Fahrzeuge überfroren waren und wir demnach kratzen mussten. Doch das war nicht unser einziges Übel. Die durchgedrehte Blaumeise hatte tatsächlich alle vier Tücher von den Spiegeln herunter gerupft und sich wieder an ihrem Spiegelbild vergangen. Nicht ohne die bekannten Folgen. Die nun auch noch an den Türen festgefroren waren. Wozu wir heißes Wasser benötigten. Und deswegen kam ich zu spät zur Arbeit. Mein Mann auch. Die Woche begann eher suboptimal.

Meine blaue Stalkerin verursachte bei den Arbeitskollegen ungestüme Heiterkeit und natürlich hatten ALLE super tolle Vorschläge parat. Diese reichten von „Abschießen" bis „Belohnen", weil ich ein ausländisches Auto fahre das zudem auch noch blau ist. Als ich bemerkte, dass auch der schwarze Opel meines Mannes vollgekotet war und sich das Phänomen also nicht auf eine latente Ausländerfeindlichkeit des Vogels stützen könnte, wurde dies mit „kurzzeitiger Verwirrung" des armen Tieres abgetan. Na ja, wer den Schaden hat.

Auf jeden Fall musste Abhilfe geschaffen werden. Weder hatte ich Lust, jeden Tag mein Auto zu waschen, noch fand ich, dass es dem Tierchen gut tat, ständig auf einen Spiegel einzuhacken. So ein Vogelschnabel hält doch sicher nicht jeder Belastung stand. Eine Blaumeise ist nun mal kein Specht. Bei einem Specht hätte ich eher Angst um die Spiegel gehabt, aber so? Nun ja …

Zu Hause versuchte ich, Socken über die Spiegel zu ziehen. Was aber auf Grund der unterschiedlichen Größen nicht funktionierte. Will sagen, meine Füße sind eher klein und die Rückspiegel eher groß. Während ich also die verschiedensten Überzieher für die Spiegel ausprobierte, hinein und heraus lief, saß die Blaumeise auf der Dachrinne und beobachtete interessiert meine Bemühungen. Zwischendurch flog sie mal um das Auto herum und piepste dann befriedigt. Spiegel waren ja noch offen. Fast konnte ich die Gedanken des

Tierchens erahnen: *Wenn die blöde Frau dann endlich im Haus verschwinden würde, dann könnte ich auch bald mit meiner Arbeit fortfahren.* Aber ich war noch nicht fertig.

Nach dem dritten, fruchtlosen Versuch, die Spiegel effektiv und dennoch mühelos zudecken zu können, hatte ich die rettende Idee. Ich schnitt die Ärmel von einem langärmeligen T-Shirt ab. Die passten nun perfekt und waren auch leicht zu entfernen. Nicht zu leicht, hoffte ich. Zufrieden ging ich ins Haus und beobachtete, was die Blaumeise nun zu tun beabsichtigte.

Nach ein paar Minuten flog sie zielstrebig auf den Spiegel zu. Dann stutzte sie. *Nanu, wo ist denn mein Gegner?* Der war nun fort und nur so ein blödes, schwarzes Tuch hing da. Das hatte sie gestern erfolgreich entfernt, aber dieses saß fest. Sie setzte sich auf den Spiegel und pickte und zupfte wütend daran herum. Dann versuchte sie es an dem anderen Spiegel, aber der war auch bedeckt. Sie flog wieder auf die Dachrinne und überlegte. Nach zwei weiteren Versuchen gab sie auf und ich konnte mich beruhigt meinem Abendessen widmen.

Mein Mann kam später und ich berichtete von meinem Erfolg, die durchgeknallte Blaumeise vom zukoten meines Wagens abzuhalten. Wir zogen dann auch Überzieher über seine Rückspiegel. Sicher ist sicher.

# Die Maus

Im Garten haben wir eine Holzhütte und nach zwei dunklen Jahren haben wir es endlich geschafft, in diese Hütte elektrischen Strom zu verlegen. Dazu haben wir einen 80 cm tiefen Graben zwischen Haus und Hütte geschaufelt, darin ein Abwasserrohr verlegt und durch dieses Rohr ein Stromkabel gezogen. Die beiden Enden kommen kurz vor Haus und Hütte aus dem Boden und die offenen Schächte hat mein Bastelkönig mit Bauschaum versiegelt. Den Graben haben wir wieder zugeschaufelt und bepflanzt. Unser neu verlegtes Kabel ist also tief im Erdreich und gegen Überflutung, Erdbeben und Wirbelstürme gesichert. Unsere Fellnase Strolchi schnuppert zwar ein paar Mal an dem ungewöhnlichen Erdloch, befindet es aber für gut und beachtet es nicht weiter. Auch wir wähnen uns in Sicherheit.

Bis wir das winzige Loch im Bauschaum bemerken. Kaum größer als ein kleiner Finger. Und wir bemerken es nur, weil Strolchi, der große Jäger, seine Schnüffelnase daran klebt und aufgeregt schnauft.

„Schau mal, da ist ein Loch!", sage ich.

Ich habe Strolchi von dem Schacht weggezogen und habe nun Mühe, ihn fest zu halten.

„Kann nicht sein! Das ist sicher nur eine Luftblase!"

„Und wenn da eine Maus rein ist?"

„Unmöglich, das Loch ist viel zu klein!"

Ich bin kein Mäuseexperte. Ich glaube dem Hausherrn. Doch Strolchi besteht darauf, seine Nase manchmal stundenlang an dieses Loch zu kleben. Dann verschwinden immer wieder Hundekekse, die ich in der Hütte stehen habe. Natürlich nur nachts und wenn die Hunde im Haus sind.

„Und wenn da doch eine Maus drin ist? Wenn die das Kabel anknabbert, zack, Kurzschluss und vielleicht brennt das ganze Haus ab?"

Doch mein Mäuseexperte hält dies für nicht denkbar. Strolchi weiß es besser. Seine Nase geht eine enge Verbindung mit dem Löchlein ein, manchmal verdreht er gar die Augen als ob er eine Nase voll Kokain nimmt.

Guter Rat ist zwar nicht teuer, aber …

Was tun? Fluten? Und wenn das Kabel schon frei liegt? Rattengift? Und wenn die Hunde das erwischen? Wir können ja die Enden zubetonieren, was zwar die unwillkommenen Bewohner an der Flucht hindern würde, aber nicht daran, das Kabel anzuknabbern. Wer immer dort unten haust soll bitteschön wo anders campieren.

Die Lösung: Luft.

„Pass auf, wir schneiden jetzt den Bauschaum heraus, dann blase ich mit dem Kompressor Luft hinein, das gibt einen ordentlichen Sturm da unten. Was auch immer dort wohnt, wird sich auf der anderen Seite aus dem Staub machen. Du musst nur aufpassen, wenn da was raus kommt. Dann hau drauf und ich höre auf."

„Ja, gut, aber lass die Hunde drinnen, ich mag Strolchi nicht dabei zusehen, wie er die Maus erlegt."

Gesagt, getan. Kompressor angeworfen, Druck aufgebaut, dann volle Kanne in den unterirdischen Kabelkanal geblasen. Nichts passiert. Mir weht die Luft ins Gesicht, als ich versuche, etwas zu erkennen, ich leuchte hinein, nichts.

„Was ist?", brüllt er von drüben gegen den Kompressor an.

„Nichts!", brülle ich zurück.

Er steckt den Schlauch mit der Düse noch weiter in das Rohr, ich leuchte an meiner Seite noch angestrengter hinein.

„Immer noch nichts?"

„Nein...doch...warte...hör auf, hör auf, hör sofort auf!"

Und aus dem Rohr, fast fliegend mit dem kräftigen Rückenwind, hastet ein Mäuschen, im Schein der Taschenlampe sehe ich ihre panischen Augen, höre die winzigen Krallen auf der Plastikoberfläche kratzen, und unter ihrem Bauch, an jeder Zitze eines, wie viele Zitzen haben Mäuse?, schleppt sie zwei winzige Mäusebabys, kaum einen Zentimeter lang, auf dem Rücken ins Freie. Mit einem Rascheln verschwindet die Familie in der nahen Hecke.

„Was?", brüllt es von drüben.

„Die Maus ist raus, die hatte zwei Junge, die hingen an den Zitzen, und jetzt ist sie da hin...!" vage zeigte ich in die Richtung.

„Ja, und, warum haste nicht drauf gehauen?"

„Was?"

„Ja, drauf hauen, jetzt sind sie weg und im Winter kommen sie wieder und vermehren sich! Dann biste wieder am Meckern, von wegen Mäuse im Haus und so weiter!"

„Aber das ging doch nicht, die hatte Junge...!"

„Ja, ja, auch die werden groß und dann...Weiber!"

Mit diesem Aufschrei dreht er sich um stapft um die Hausecke, jeder Schritt gerechte Empörung. Ich bin ein bisschen stolz. Habe einer Mutter mit zwei Babys das Leben gerettet. Mäuseleben. Egal. Jedes Leben zählt.

# An der Kasse

Das erste, das ich sah, war ihr gelbes Kleid. Es war von einem hellen Zitronengelb mit dunklen Sonnenblumen darauf. Komisch, daran erinnere ich mich besonders intensiv. Am Oberkörper lag es eng an, hatte einen hellen, breiten Gürtel um die Taille und reichte ihr bis zu den Knien. Der untere Teil war leicht ausgestellt, so wie die Kleider mit Petticoats aus den 50er Jahren. Sie drängte sich durch die Menschen und schrie dabei unverständliche Worte. Als nächstes bemerkte ich, wie schön sie war. Ihr kaffeebrauner Teint hob sich apart von dem hellen Kleid ab und die dunklen Haare reichten ihr bis auf die Schultern. Ich stand an der Kasse und wollte gerade meine Geldbörse zücken, da drehten sich alle Gesichter der Frau zu. Nun verstand ich auch, was sie schrie:

„Mein Baby, mein Baby!"

In den Armen hielt sie ein Kind, vielleicht drei oder vier Jahre alt. Kurze Hosen, T-Shirt, ein Wust dunkler Locken. Die nackten Arme und Beine schlenkerten im Takt ihrer eiligen Schritte leblos hin und her.

„Helft mir doch, bitte, helft mir doch, mein Baby, mein Baby!"

Eine Gasse bildete sich und die Frau kam näher. Ihr Gesicht war tränenüberströmt, die Augen schreckweit aufgerissen.

„Sie atmet nicht mehr, sie atmet nicht mehr, bitte, Hilfe...!"

Ihre Schreie wurden heiser, erstickt. Die meisten Leute standen erstarrt, ich muss zugeben, ich auch. Die Situation war seltsam surreal, fast wie in einem Film. Ich weiß noch, dass ich dachte, vielleicht träume ich? Vor mir stand ein Mann mittleren Alters und hatte gerade seine Einkäufe in eine große Papiertüte gestapelt. Er reagierte am schnellsten. Mit einer Bewegung schob er alles, was auf dem Tresen lag, beiseite. Dann nahm er das Kind und legte es auf den Tisch.

„Was ist passiert?"

Seine Stimme war ruhig. Gleichzeitig untersuchte er das Kind und rief dem Nächststehenden zu, er solle einen Krankenwagen anrufen. Einige zückten ihr Mobilphone und es dauerte etliche Sekunden, bis man sich einig war, wer denn nun anrufen sollte. Ein dunkelhäutiger Mann kam herein gerannt und als er das leblose Kind sah, bekam er einen Schreikrampf.

„Aaarrgghhhhh! Es ist meine Schuld, es ist meine Schuld!"

Zwei Männer liefen zu ihm, legten die Arme um ihn und hielten ihn fest. Die Frau mit dem gelben Kleid stammelte:

„Ein Bonbon, mein Mann hat ihr ein Bonbon gegeben, sie hat es verschluckt, und dann bekam sie keine Luft mehr, jetzt atmet sie nicht mehr, o Gott, o Gott, sie wird sterben!"

Der Mann drehte das Kind auf den Bauch und versuchte, ihm auf den Rücken zu klopfen. Das erwies sich als schwierig, weil das Kind so völlig leblos dalag. Ich hielt es an den Beinen fest, während zwei andere, ich glaube, es waren zwei Frauen, den Oberkörper über den Rand des Tresens schoben, so dass der Kopf nach unten hing.

Eine weitere Frau kam dazu und schob die Helfer beiseite.

„So geht das nicht! Helfen Sie mir, ich bin Krankenschwester, wir müssen die Blockade lösen, richten Sie sie auf, ja, gut, genauso ... Moment, ich packe sie und dann ...!"

Mit geübtem Griff packte sie das Mädchen von hinten und rammte ihr die Fäuste unter die Rippen. Einmal, zweimal, dreimal in rascher Folge. Der Kopf des Kindes schwankte gefährlich bei jedem Ruck, doch es tat sich nichts. Die Krankenschwester bekam einen roten Kopf, als sie die geballten Fäuste noch einmal mit aller Kraft in den Bauch des Mädchens trieb.

Ich hörte ein Plopp!, so als ob ein Korken aus einer Flasche knallt, nur leiser. Ein hellrotes Etwas spritzte aus dem Mund des Kindes und schlitterte über den glatten Boden. Aus dem Kreis der Umstehenden kam ein kollektives Aufatmen. Die Mutter des Kindes schrie auf und der Vater riss die Arme in die Luft, wie zu einem Siegesgruß. Doch dann trat wieder Stille ein, denn die Blockade war zwar entfernt, aber das Mädchen atmete nicht. Die junge Frau sank mit dem Kind zu Boden. Auch die Mutter kniete jetzt neben dem Kind und ihr sonnengelbes Kleid breitete sich wie ein Fächer aus. Den dunklen Kopf des Kindes hatte sie auf ihre Oberschenkel gebettet, die Locken des Mädchens, wild und ungekämmt, bildeten einen wundervollen Kontrast dazu. Das kleine Gesichtchen schien eingefallen in seiner Leblosigkeit, der Mund und die Augen standen ein wenig offen. Die Mutter beugte sich über das Kind, streichelte immer wieder die Wangen und eine einzelne Träne fiel auf die Stirn des Kindes. Ich dachte noch, wie schade, dass ich das nicht fotografieren kann, ein wunderschönes Bild, und fast vergaß ich die Umstände.

Die Krankenschwester beugte sich über das Mädchen und begann mit Mund – zu – Mund Beatmung. Abwechselnd blies sie ihren Atem in den Mund des Kindes und massierte mit kräftigen Fingern die Herzgegend. Dabei hörte ich sie leise zählen. Die totale Stille um uns herum, diese absolute und atemlose Stille, unterstrich diesen Akt der Menschlichkeit, verlieh ihm eine sakrale Bedeutung. Ich war mir sicher, dass alle um uns herum den Atem anhielten und stumme Gebete an wen auch immer schickten. Der untersetzte Mann kniete auf der anderen Seite und redete mit ruhiger Stimme auf die Mutter ein.

„Wie heißt ihre Tochter?"-„Sarah Marie!"-„Wie alt ist sie?"-„Letzte Woche vier Jahre. Wir waren im Freizeitpark. Ach, sie hatte so einen Spaß!"

So ging es weiter. Ich weiß noch, dass ich dachte: *Wie bekloppt ist der denn? Redet so einen Stuss, wenn das Kind neben der Mutter stirbt.* Aber dann begriff ich den Sinn. Dadurch, dass er die Frau ablenkte, war sie in der Lage, ihre Tochter beim Zurückfinden ins Leben zu unterstützen. Sie wischte sich die Tränen fort und legte die nasse Hand auf die Stirn des Mädchens. Dann fing sie an zu reden.

„Sarah, komm, du schaffst das, Sarah komm zurück, wir lieben dich, komm zurück …!"

Ich weiß nicht mehr, wie oft die tapfere Krankenschwester vom Gesicht des Kindes zum Brustkorb und zurück gewechselt war. Mir schien es Stunden zu dauern, aber es konnte sich nur um Minuten gehandelt haben. Schweiß tropfte von ihrer Stirn auf das T-Shirt und ihre kurzen, dunklen Haare klebten feucht an den Schläfen. Wie alle anderen starrte auch ich gebannt auf die Szenerie. Plötzlich öffnete das Kind die Augen und atmete mit einem rasselnden Geräusch ein. Gleich darauf fing das Mädchen an zu weinen und wollte sich panisch aus den Händen der Krankenschwester winden. Die Mutter schrie auf. Der Mann neben ihr richtete den kleinen Körper auf und legte ihn der Mutter an die Brust. Die Krankenschwester lehnte sich erschöpft zurück und alle Umstehenden brachen in Jubelrufe aus. Applaus brandete auf und der Vater riss sich die Mütze vom Kopf und warf sie in die Luft.

Sarah hatte ihren Kopf auf die Schulter der Mutter gelegt und weinte hemmungslos. Speichel und Blut vermischten sich und rannen ihren Rücken hinunter, bildeten hellrote Bäche auf dem gelben Untergrund des Kleides. Es sah aus, als ob die Sonnenblumen rote Tränen weinten. Der Vater kniete jetzt neben den Beiden und weinte auch.

„Danke, danke …", stammelte er wieder und wieder. Er streichelte abwechselnd seine Frau und seine Tochter. Er streckte einen Arm zu der Lebensretterin aus, die immer noch erschöpft, aber strahlend auf dem Boden saß. In diesem Moment hörte ich das Martinshorn und gleich darauf die Bremsen des Krankenwagens, der vor dem Eingang des Supermarktes hielt. Kunden rannten zur Tür und wiesen den Sanitätern den Weg.

Wo vorher noch atemlose Stille geherrscht hatte, brach urplötzlich Hektik aus. Alle redeten erleichtert durcheinander, lachten und jubelten. Zwei Sanitäter kamen mit einer Trage angerannt. Ihnen auf den Fersen ein ziemlich übernächtigt aussehender Arzt mit einer schweren Tasche. Die Krankenschwester raffte sich auf und erklärte die Umstände, während der eine Sanitäter das Kind sanft aus den Armen der Mutter befreite und auf die Trage bettete. Doch sie hielten sich weiter fest an den Händen, die Mutter und das Mädchen. So, als wollten sie das Leben festhalten, das ihnen beinahe abhandengekommen war. Der dunkelhäutige Vater schrie plötzlich auf.

„Sie blutet, sie ist voller Blut, da, schauen Sie doch, alles voller Blut!"

Auch die Brust des Kindes war blutgetränkt und ein dünner Blutfaden rann ihr aus Nase und Mund.

Der zweite Sanitäter beruhigte ihn. „Das Kind hat sich beim Wiederbelebungsversuch wahrscheinlich auf die Zunge gebissen, ist nicht tragisch, wir kümmern uns darum!"

Dann fuhren sie die viel zu große Trage mit der viel zu kleinen Gestalt darauf fort. Rechts und links hielten die Eltern das Kind an den Händen, rannten, um Schritt halten zu können. Ich folgte ihnen, wie ein Großteil der Zuschauer, beobachtete, wie sie in den Krankenwagen einstiegen. Die Mutter weinte immer noch. Sie blickte sich rasch um, bevor sie den Fuß auf die unterste Stufe setzte, sie hob die Hand zu einem Gruß. Dann warf sie mit beiden Händen einen Kuss in unsere Richtung. Ich konnte sie nicht hören, aber ihre Lippen formten ein endlos erleichtertes „Danke". Dann schloss sich die Tür hinter ihr. Das Letzte, das ich von ihr sehen konnte, war ein gelber, sonnengleicher Schimmer im rückwärtigen Fenster des Ambulanzfahrzeugs.

# Graue Einsamkeit

Alle im Haus halten die alte Frau aus dem fünften Stock für verrückt. Ich bin letztes Jahr hier eingezogen und Frau Schneider aus dem dritten Stock sagte, sie wohne schon seit acht Jahren hier. Da wäre die verrückte Alte aus dem Fünften schon hier gewesen. Niemand weiß, wie alt sie ist oder wie lange sie schon hier wohnt. Auf ihrem Namensschild steht einfach nur: „Brinkmann". Niemand, den ich gesprochen habe, kennt ihren Vornamen. Niemand kann mir sagen, warum man sie für verrückt hält. Sie heißt einfach nur die Verrückte aus dem Fünften.

Ich wohne in der Wohnung direkt über Frau Brinkmann. Wenn ich morgens zur Arbeit gehe, treffe ich selten jemanden im Treppenhaus. Und wenn ich gegen 17 Uhr zurückkomme, ist es genauso leer wie am Morgen. Manchmal habe ich das Gefühl, dass mich, wenn ich den fünften Stock durchquere, jemand beobachtet. Einmal traf ich Frau Brinkmann im Supermarkt, das war im letzten Sommer. Kurz nachdem ich eingezogen war. Das heißt, ich dachte, sie wäre es, weil ich sie zwei Tage davor kurz von hinten gesehen hatte, als sie in ihrer Wohnung verschwand. Ich meinte, den abgetragenen, grauen Mantel mit dem etwas dürftigen Pelzbesatz am Kragen wieder zu erkennen. Da grüßte ich sie freundlich, aber sie brummte nur und schaute weg. Deswegen bin ich mir nicht ganz sicher, ob sie es wirklich gewesen war. Aber eigentlich sind ihr gebückter Gang, der graue Mantel und ihr ebenso graues Haar nicht zu übersehen.

Gestern las ich in der Zeitung von einem schrecklichen Vorfall. Das passierte nur ein paar Straßen weiter, in so einem Hochhaus wie diesem hier. Ein Rentner lag schon ein halbes Jahr tot in seiner Wohnung. Niemand vermisste ihn und in dem Haus erinnerte man sich erst an ihn, als es Frühling wurde und unangenehme Gerüche aus der Wohnung kamen. Davon träumte ich die ganze Nacht. Aber es war immer die Frau Brinkmann, die ich in halbverwestem Zustand in ihrer Wohnung liegen sah.

Heute denke ich ununterbrochen daran. Wie alt mag sie sein? Hat sie keine Verwandten mehr? Wo sind all ihre Freunde, Bekannte, da muss es doch noch jemanden geben, dem sie wichtig war, wichtig ist? Wie kann es sein, dass da jemand stirbt und niemand vermisst ihn? Sind wir, die Lebenden, die Gesunden, die Jungen, da nicht in der Pflicht?

In der nun beginnenden Vorweihnachtszeit lässt mich der Gedanke an die einsame, alte Frau in der Wohnung unter mir nicht mehr los. Einmal stehe ich sogar vor ihrer Tür und überlege, ob ich einfach  mal anklopfen soll, sie fragen, wie es ihr geht, ob sie etwas braucht. Aber dann verlässt mich der Mut und ich mache es doch nicht.

Die Woche vor Heilig Abend beginnt recht hektisch. Wie jedes Jahr habe ich Urlaub und kann mich um Geschenke kümmern. Eine kleine Aufmerksamkeit für die eine und andere Arbeitskollegin, mit etlichen anderen habe ich mich zu einem feudalen Weihnachtsessen verabredet, das in diesem Jahr bei mir stattfinden soll. Dann liebe ich es, die Wohnung festlich zu schmücken, wenn auch kein Baum geplant ist. Aber duftende Kerzen, ein paar Tannenzweige und bunte Glaskugeln sind ein Muss, besonders wenn Gäste kommen. Ich liebe es auch in dieser Zeit durch die hell erleuchteten Straßen zu bummeln. Wenn der Atem in der Dezemberluft erstarrt und aus allen Lautsprechern weihnachtliche Klänge ertönen. Dicke Weihnachtsmänner, die sich vor den Kaufhäusern die Füße warm stampfen und der herrliche Glühwein auf dem Markt, o ja, Weihnachten ist die fünfte Jahreszeit, die mir noch mehr gefällt als Karneval.

Bei so einem Bummel durch die belebte Innenstadt kommt mir der Gedanke, ein kleines Geschenk für Frau Brinkmann zu besorgen. Aber was nur? Was soll ich einer alten Frau schenken, von der ich so Garnichts weiß? Die Idee von einem Strauß Blumen verwerfe ich wieder, das erscheint mir irgendwie unpassend. Parfüm oder Seife? Nein, zu intim. Einen Schal? Das könnte sie vielleicht missverstehen. Dies und jenes verwerfend und auf der Suche nach einer Eingebung bleibe ich am Fenster einer Buchhandlung stehen. Ein Buch, ja, das wäre doch etwas. Aber da ich nichts von ihr weiß, ist die Auswahl schwierig. Da fällt mir ein Titel ins Auge: „Auf der Suche nach der verlorenen Zeit", ein Roman in mehreren Bänden. Da fällt mir das perfekte Geschenk für Frau Brinkmann ein: Ich werde ihr eine Stunde meiner Zeit schenken!

Heilig Abend treffen wir, die Familienlosen, die Singles, uns in meiner Wohnung. Wir bereiten gemeinsam das Weihnachtsessen zu und sitzen in trauter Runde zusammen. Dann schleiche ich mich leise aus der Wohnung und überlasse meine Gäste sich selber. Leise gehe ich ein Stockwerk tiefer. Auf einem Tablett habe ich mehrere Tannenzweige arrangiert, eine Kerze, zwei Gläser und eine halbe Flasche Rotwein. An der Flasche lehnt, und so, dass sie es beim Öffnen der Tür als erstes sehen muss, eine Weihnachtskarte mit den Worten: „Gesegnetes Fest, liebe Frau Brinkmann!"

Dann stehe ich vor ihrer Tür und klopfe. Erst höre ich keinen Laut und denke schon, dass sie vielleicht gar nicht zu Hause ist. Aber wo soll sie denn sonst sein? Dann bewegt sich etwas hinter dem Spion, gleich darauf öffnet sich die Wohnungstür.

„Guten Abend, ich möchte Ihnen frohe Feiertage wünschen, Frau Brinkmann!"

„Danke!", sagt sie nur leise und schaut ein wenig befremdet auf mein Tablett.

„Darf ich herein kommen? Ich wohne direkt über ...‘‘

„Ich weiß, ich weiß!" Sie zögert einen unmerklichen Moment, dann gibt sie die Tür frei und ich trete in den dunklen Flur.

In ihrem Wohnzimmer, welches genau unter dem Meinen liegt, wie ich nach einem Blick aus dem Fenster feststelle, befindet sich keinerlei Weihnachtsdekoration. Ein altmodischer Ohrensessel steht unter einer Stehlampe und ein aufgeschlagenes Buch liegt auf dem Beistelltischchen. Radio und Fernsehen sind ausgeschaltet, der Raum atmet Einsamkeit. In diesem Moment denke ich über das Phänomen Zeit nach. Was bedeutet Zeit für mich? Hier in dieser Wohnung scheint sie eine völlig andere Bedeutung zu haben. Sie scheint still zu stehen, als wüsste sie nicht, wohin. Bei mir oben, da gibt es nie genug davon, immer muss ich sie aufteilen, stehlen, die Zeit. Nie ist davon etwas übrig. Hier scheint sie untätig herum zu stehen und niemand braucht sie, niemand teilt sie.

Ich stelle das Tablett auf den Wohnzimmertisch und zünde die Kerze an.

„Trinken Sie ein Glas Wein mit mir?", frage ich, während ich mich auf das Sofa setze. Frau Brinkmann lässt sich mir gegenüber nieder, mustert erst das Arrangement auf dem Tisch, dann mich. Sie nickt und ich schenke ein.

„Wissen Sie, Sie sind der erste Mensch, der mich in dieser Wohnung besucht!"

„Das gibt es doch nicht! Wie lange wohnen Sie denn schon hier?"

„Nun, im Frühjahr werden es zehn Jahre!"

Zehn Jahre Einsamkeit, zehn Jahre Einzelhaft, ich kann es nicht fassen. Schon so manches Mal habe ich mir vorgestellt, wie es hier aussieht, aber nun ist doch einiges ziemlich anders. Ich hatte gedacht, dass diese Wohnung genauso grau wäre, wie die Bewohnerin, graue Wände, graue Teppiche, aber dem ist nicht so. Da sind Fotos an den Wänden, auf der Kommode, viele Fotos, die von einem bewegten Leben sprechen. Lachende Kinder, ein Pferd hinter einem Koppelzaun, ein Schäferhund. Zwei junge Mädchen in eleganten Kleidern, ein älteres Ehepaar, offensichtlich eine Studioaufnahme. Eine Wand ist völlig mit einem Bücherregal ausgestattet, in der anderen Ecke am Fenster steht ein Flügel. Rechts und links des Fensters, hier halten schwere Gardinen den Tag und die Nacht draußen, verwehren den Eintritt, hängen Stiche von Städten, die ich im Halbdunkel nicht genau erkennen kann. Ich blicke auf die Bilder, auf das Klavier, es gibt so viel, das ich fragen möchte und kann doch keinen Anfang finden. Spielt sie Klavier, vielleicht nur, wenn ich nicht da bin? Denn ich habe sie noch nie gehört, so wie ich noch nie etwas aus der Wohnung unter mir gehört habe.

Ich nehme mein Glas und Frau Brinkmann tut es mir gleich. Wir prosten einander zu und mit dem Abstellen des Glases auf dem Tisch beginnt die alte Frau zu sprechen.

„Als mein Artur, Gott hab ihn selig, noch lebte, da hatten wir ein Häuschen draußen vor der Stadt. Zwei Töchter wuchsen dort heran, hübsche Mädchen ...", und sie schaut wehmütig auf die Fotogalerie.

„Ja, aber ... Sie haben Kinder, warum besuchen die Sie nicht einmal, das gibt es doch nicht ...!", werfe ich ein und schäme mich so gleich dafür.

Die alte Frau seufzt. „Ach, wissen Sie, nach dem Tod von meinem Artur hat es viel Streit gegeben, er war recht vermögend, von seinen Eltern gab es einiges zu vererben. Darüber haben sich meine Mädchen zerstritten. Das ist eine lange und traurige Geschichte, die gehört nicht hierher. Jedenfalls möchte ich diesen Streit nicht noch mehr anheizen, in dem ich eine der beiden Mädchen zuerst besuche. Dann würde es heißen, ich gebe dieser oder jener den Vorzug. Ich habe mich zurückgezogen. Manchmal schreiben sie mir. Das da drüben ..." sie zeigt auf eine etwas entfernt stehende Bilderreihe. „Das da sind meine Enkel, ein Junge und ein Mädchen von der Ältesten, der Karin. Die Silvia hat keine Kinder, das ist auch so ein Streitpunkt. Neid und Missgunst, womit habe ich das verdient?"

Ich sage nichts. Was kann ich auch sagen?

„Ich habe beiden geschrieben, dass sie mich zusammen besuchen kommen sollen. Nur zusammen. Wenn sie sich versöhnt haben."

Zwei große, schwere Tränen laufen über ihre faltigen Wangen. Der graue Kopf mit dem männlich anmutenden Haarschnitt senkt sich, und sie schaut unbeholfen in ihr Weinglas.

„Ob ich es noch erleben werde? Ich weiß es nicht."

„Frau Brinkmann, wenn ich gewusst hätte, dass Sie niemals jemand besucht...!" Etwas linkisch nehme ich ihre Hand.

„Ach, was hätten Sie dann getan? Ihre Zeit mit einer alten Frau verplempert? So eine junge Frau wie Sie, Sie haben doch sicherlich genug andere, interessante Freunde und Bekannte. Dass Sie nicht verheiratet sind, das weiß ich wohl, aber es gibt doch sicherlich Jemanden ...!"

„Nein, da ist Niemand ...!"

Meine Stimme ist leise, wehmütig denke ich an den Grund meines Einzuges hier in diesen Wohnblock, aber dann bin ich auch wieder froh. Sie hat Recht. Ich habe einige gute Freunde und Bekannte, wenn ich mehr haben wollte, dann wäre das auch gut, aber Frau Brinkmann sitzt hier alleine in ihrer zeitlosen Wohnung und wartet darauf, dass sich ihre Töchter versöhnen, dass sie endlich jemand besuchen kommt.

„Ich habe einige meiner Freunde oben in der Wohnung, kommen Sie doch auch mit hinauf, dann können wir zusammen ...!"

„Nein, danke, das möchte ich nicht, aber gehen Sie nur, gehen Sie, feiern Sie nur mit Ihren Freunden. Ich komme zurecht, ich danke Ihnen für den Wein und die schöne Kerze. Ich werde sie brennen lassen, es ist ein schönes Licht, ein weihnachtliches Licht. Und vielleicht ... ?"

Sie bricht ab, doch ich ahne, was sie sagen will und komme ihr zuvor.

„Frau Brinkmann, darf ich wiederkommen? Vielleicht am Sonntagnachmittag? Ich bringe uns ein Stück Kuchen mit und Sie machen einen Kaffee? Dann können wir uns noch ein wenig unterhalten, natürlich nur, wenn Sie möchten?!"

Ich sehe, wie ein Funke in ihren Augen aufspringt, ein Funke der Hoffnung.

„Gerne! Und jetzt gehen Sie, gehen Sie, Ihre Bekannten warten sicher schon auf Sie!"

Sanft schiebt sie mich zur Tür und ich verstehe, dass sie nun allein sein möchte. Ein tiefes Gefühl der Rührung überkommt mich und fast hätte ich geweint. Doch ich verabschiede mich und stolpere die Treppe zu meiner Wohnung hinauf. Dort empfängt mich Musik, Licht, zwei Pärchen tanzen im Wohnzimmer und Klaus ruft: „Hallo, da bist du ja, hast du noch Sekt?"

Ich hole die kalten Sektflaschen aus der Küche.

„Du, mir ist nicht gut, habe rasende Kopfschmerzen, ich gehe ein paar Schritte spazieren. Wenn ihr geht, dann zieht einfach die Tür hinter euch zu."

Klaus will mich noch halten, aber ich eile rasch zur Tür, hole mir Mantel, Schal und Mütze aus dem Schrank und ziehe sie noch im Hinuntergehen an. Vor der Haustür ist es kalt. Eisig weht mir der Wind ins Gesicht und winzig kleine Schneeflocken tanzen in der klaren Luft. Mit spitzen Nadeln beißen sie sich in meine Haut. Ich schaue zum Firmament und sehe die ganze Pracht des nächtlichen, wolkenlosen Himmels. Und ich verspreche mir eines in dieser Heiligen Nacht. Ich werde Karin und Silvia Brinkmann dazu bringen, sich zu versöhnen und ihre Mutter zu besuchen. Denn niemand hat es verdient, einsam unter Menschen zu leben oder zu sterben. Schon gar nicht eine Mutter.

# Als Heinrich in den Krieg zog...

Gerda blickt auf die Tür, die sich hinter ihrem Sohn schließt und lässt sich zurück in die Kissen sinken. Sie ist so unendlich müde, dass ihr sogar das Denken schwer fällt. Die wenigen Stunden, in denen es ihr gelingt, wach zu bleiben, sind schon ohne die geringste Bewegung so anstrengend, dass sie nur noch einen einzigen Wunsch hat: dieses beschwerliche und so schmerzhafte Dasein soll doch bitte endlich ein Ende haben.

Die Lider sind schwer, doch sie zwingt sich dazu, die Augen offen zu halten. Denn wenn sie sie schließt, dann wird sie einschlafen, und sie muss doch überlegen, muss nachdenken, muss sich endlich darüber klar werden, ob sie ihrem Sohn die Wahrheit sagen oder sie doch lieber mit ins Grab nehmen soll.

Gerda seufzt und schließt nun doch die Augen. Augenblicklich schläft sie ein.

Ludwig sinkt vor dem Krankenzimmer auf einen Stuhl. Wie er dieses Krankenhaus hasst! Bei jedem Besuch scheint seine Mutter ein Stückchen weniger zu werden, immer zerbrechlicher und dünner wirkt sie. Nicht nur, dass der in ihr wütende Feind sie von innen aufzufressen scheint, nein, auch dieses sterile und unfreundliche Krankenhaus scheint ihr alle Energie zu rauben. Er wünscht sich, dass sie zu Hause hätte bleiben können, dort, in ihrem vertrauten Umfeld, doch nach dem Sturz und der gebrochenen Hüfte, kann er sie nicht mehr alleine pflegen, was soll er nur tun, was nur?

Eine Schwester kommt mit geschäftigem Schritt den Gang entlang geeilt.

„Na, wie geht es uns denn heute?"

Ihre aufgesetzt muntere Miene löst eine wilde Aggression in ihm aus, am liebsten würde er ihr all seine Wut und Frustration so lange um die Ohren schlagen, bis dieses Grinsen aus ihrem Gesicht weicht. Zornig blickt er sie an. Sie wird eine Spur bleicher und geht schnell weiter.

Ludwig weiß, dass seine Mutter bald sterben wird, er kann es nicht verhindern, er kann ihr nicht helfen. Er weiß aber auch, dass jeder Besuch ihn ein Stück seiner eigenen Lebenskraft kostet und er weiß auch, dass er nicht mehr oft kommen kann. Nicht, wenn er selber weiter funktionieren soll, seiner eigenen Familie weiterhin eine Stütze sein soll. Stöhnend erhebt er sich und verlässt eilig den Flur, das Krankenhaus, flieht vor der Mutter, vor der Krankheit.

*

Rolf hält vor seinem Elternhaus und steigt aus dem Wagen. Seit die Mutter im Krankenhaus liegt, bewohnt der ungeliebte Bruder das große Haus alleine. Eigentlich steht es ja ihm zu, schließlich ist er der Ältere, wenn auch nicht der leibliche Sohn, aber immerhin der Ältere. Und als solcher hat er doch die älteren Rechte, oder? Das muss ein für alle Mal geklärt werden, jetzt und hier und Ludwig muss das doch einsehen.

Auf sein Klingeln öffnet der Bruder. Rolf macht kein Federlesen über seine Absichten.

„Hör mal, wir müssen über das Erbe sprechen, das muss doch rechtzeitig…!"

„Was? Bist du von Sinnen? Die Mutter lebt noch, wie kannst du da schon…?"

„Wir müssen das jetzt klären, das Haus hier zum Beispiel…!"

„Hör du mal genau zu, du abgedrehter Spinner, der Vater hat dir dein Haus finanziert und an diesem hier hast du gar keine Rechte, also, verzieh dich!"

Entschlossen drängt Rolf sich an seinem Gegenüber vorbei. Ludwig ist so verblüfft, dass er keine Anstalten macht, den Bruder daran zu hindern. Durch das laute Wortgefecht ist auch die Frau auf den Besuch aufmerksam geworden und kommt, mit dem jüngsten Sohn auf der Hüfte, aus dem Wohnzimmer.

„Warum schreit ihr denn so herum, jetzt ist der Marco aufgewacht!"

„Dein Mann will nicht…!"

„Der Rolf will unbedingt…!"

Beide reden gleichzeitig und funkeln sich dabei zornig an.

„Es geht doch gar nicht nur um das Haus, aber die Mutter hat doch noch andere Wertsachen. Das Konto und der Schmuck, da muss doch rechtzeitig eine Aufstellung angefertigt werden, sonst kommt da noch was weg!"

Die Kontrahenten stehen sich im Flur gegenüber und keiner weicht einen Schritt.

„Solange ich dich damit nicht alleine lasse, kommt da auch nichts weg!"

„Willst du damit sagen, dass ich davon was unterschlagen würde?"

„Aber ganz sicher!"

Rolf wird ganz blass und fängt an zu stottern.

„Das ist eine böswillige… eine unglaubliche… wie kannst du nur… und ich habe… und immer…"

„Halt die Klappe und hör mir zu: Du wirst keine Aufstellung von irgendwas machen, wenn, dann machen wir das zusammen und was das andere betrifft, ich erinnere dich an den Kredit, den der Vater dir…"

„Das Geld hat er mir geschenkt!" kreischt Rolf.

„Hat er nicht, es war bloß dein Glück, dass er tot war, bevor du es zurückzahlen solltest und dass Mutter dir das erlassen hat, aber es war nie ein Geschenk. Also, hör zu und wenn du nochmal dazwischen redest, schmeiße ich dich eigenhändig raus. Du wirst keine Aufstellung anfertigen und du wirst auch deine Hände von Mutters Konto lassen. Die Lilo und ich, wir haben uns um die Mutter gekümmert und wir hatten auch die Kosten. Wenn noch was da sein sollte, wenn diese ganze Sache ausgestanden ist, dann teilen wir, aber nicht vorher, hast du das jetzt verstanden? Und jetzt mach, dass du nach Hause kommst! Weiß deine Frau eigentlich, was du so treibst?"

Damit öffnet er die Tür mit unmissverständlicher Geste. Rolf zögert noch einen Moment, dann marschiert er hindurch und Ludwig schließt die Eingangstür mit einem heftigen Knall.

„Na, das war ja wieder mal typisch!", erklärt Lilo und schiebt sich den Jungen auf die andere Hüfte.

„Lass den bloß nicht ins Haus, wenn ich nicht hier bin. Auf keinen Fall darf der alleine hier herum spazieren. Der bringt das fertig und macht Mutter deswegen im Krankenhaus an, ich fasse es nicht!"

Damit verlässt er den Flur und verschwindet in seiner Werkstatt. Heute muss er noch einen Auftrag erledigen, das Wohnzimmer von Reuters wartet auf einen neuen Anstrich, na, er ist froh, dass er sich damit verspätet hat, sonst wäre Rolf in die Wohnung gekommen, als er nicht da war, nicht auszudenken, die Lilo hätte ihn sicherlich auch ins Zimmer der Mutter gelassen, unter irgendeinem Vorwand hätte er sich da sicherlich Zutritt verschafft. Die ganze Situation belastet ihn mehr und mehr.

*

Gerda öffnet die Augen und blinzelt in den trüben Morgen. Wie spät ist es, welcher Tag ist es, Morgen oder Abend, wo bin ich, denkt sie. Dann fällt es ihr wieder ein. Die Krebs, der Sturz und jetzt das Krankenhaus. Ein Blick zur Wanduhr zeigt ihr halb sechs, draußen alles still, also wahrscheinlich ist es Morgen. Welcher Tag? Gestern war Ludwig da, vielleicht Montag? Oder war das schon vorgestern? Sie weiß es nicht und das Denken erschöpft sie, sie will die Augen wieder schließen, als ihr der wieder alles in den Hintergrund drängende Gedanke durch den Kopf schießt. Das Problem! Sie muss das Problem lösen! Was soll sie tun! Wem nützt es, die Wahrheit zu wissen, wem schadet es? Soll sie überhaupt etwas sagen oder weiterhin schweigen, so wie all die Jahre, so wie es abgemacht gewesen war? Doch jetzt, am Ende ihres Weges, drängt es sie, dem Sohn die Wahrheit zu gestehen, ihm, dem Einzigen, wenigstens ihm, doch ja, er soll alles wissen. Sie beginnt zu träumen, ja, damals... als ihre junge Ehe von der Kinderlosigkeit überschattet war... die beiden Fehlgeburten, nach denen ihr Arzt ihr geraten hatte, jede weitere Schwangerschaft zu vermeiden, ... "Das wird eh nichts mehr!" waren seine Worte, ... und dann der Mann ... fort, im Krieg, und alles wurde anders ...

*

Gerda öffnete die Türe und rief laut: „Paul? Paul, bist du schon da?" Seit Heinrich, ihr Ehemann, im Krieg war, wohnte Paul bei ihr, ihr jüngerer Bruder.

Paul hatte eine schiefe Hüfte, deswegen durfte er bleiben, während die gesunden Männer eingezogen wurden. Er war nur ein paar Jahre jünger als sie und trotz seines Hinkens sah er unverschämt gut aus. Seit einem halben Jahr war er mit einem Mädchen aus der Nachbarschaft verlobt und manchmal verbrachte er die Abende bei ihr, aber heute hatte er ihr versprochen, früher da zu sein.

„Wir sind hier!", kam es aus dem Nebenzimmer; dort hatte Paul sich eingerichtet.

Wir, dachte Gerda, hat er die Erna mitgebracht? Die kommt doch nie mit? Mit zwei schnellen Schritten war sie an seiner Tür und öffnete sie. Dort saß Paul auf seinem Bett und spielte mit einem kleinen Jungen.

„Schau mal, Rolf, das ist die Tante Gerda, sag hallo Tante Gerda!"

„Hallo Tante Gerda!", echote der Knirps ohne sein Spiel mit dem kleinen Holzauto zu unterbrechen. Über seinen Kopf hinweg traf ihr Blick den Pauls und sie signalisierte ihm stumm:

„Wer ist das?"

Paul erhob sich und sagte zu dem Kleinen:

„Spiel schön weiter, ich muss was mit der Tante Gerda besprechen, bist du auch lieb, wenn ich weg bin?"

Der Junge nickte nur, warf Gerda einen Blick zu und wandte sich wieder seinem Auto zu, das er mit viel „Brumm-brumm" über imaginäre Täler und Berge lenkte.

„Gerda, schau mal…", begann Paul, doch Gerda unterbrach ihn.

„Wo kommt der Junge her? Wo sind seine Eltern, oder hast du…?"

„Der Kleine ist der Sohn von Erna´s Kusine, deren Mann ist gefallen, sie hat gestern die Nachricht bekommen. Darüber hat sie sich so aufgeregt, dass sie zusammengebrochen ist und ins Krankenhaus musste. Man weiß noch nicht, wie lange sie dort bleiben muss und sie hat außer der Erna keine anderen Verwandten. Und wie soll die Erna ganz alleine den Jungen versorgen? Ich hab gesagt, ich frage dich, sonst muss er ins Heim."

„Wie, du fragst mich, soll ich mich um ihn kümmern?"

„Ja, du könntest ihn offiziell als Pflegekind aufnehmen, hab mich schon erkundigt, du würdest auch ein kleines Gehalt dafür bekommen, vom Jugendamt, du musst dich nur als Pflegestelle registrieren lassen und ich helfe dir natürlich…"

*

So kam Rolf zu ihr, übergangsweise, wie sie glaubte. Seiner Mutter ging es aber nicht besser, sie schwand dahin wie eine welke Blume und verlor mit ihrer Lebensenergie auch jedes Interesse an dem Kind. Aus einem halben Jahr, wie ursprünglich vorgesehen, wurde ein Jahr und wenige Monate danach brachte

Paul die Kunde, dass die Mutter des Jungen an dem heftig wütenden Grippevirus verstorben war. Er, Paul, hatte sich als Vormund des Jungen angeboten und Gerda konnte so die Pflegschaft behalten. Sie schrieb all diese Neuigkeiten an Heinrich, doch seine Antworten kamen spärlich. Das war 1944 und der Krieg tobte immer noch an allen Fronten. Kurz nach der Dauerpflegschaft schrieb Heinrich, dass er gefangen genommen und in ein Lager in Ostpreußen verbracht worden war. Er hatte nur einen Brief schreiben dürfen und er wusste nicht, wann er sich wieder würde melden können. Gerda verbrachte die nächsten beiden Jahre in Ungewissheit über sein Schicksal. Der Krieg war zu Ende, die mühsame Aufbauarbeit hatte begonnen und im Winter 1946/47 wurde das Leben erst sehr schön und dann sehr kompliziert...

*

Wieder schläft Gerda ein. Sie träumt von Rolf, von dem kleinen, verlassenen Jungen, den sie schon beim ersten Anblick in ihr Herz geschlossen hatte. Mit seinen glatt gekämmten, blonden Haaren, den kurzen Hosen und dem weißen Hemd, wie er da auf Pauls Bett saß und so konzentriert mit seinem Auto spielte. Seine kleine Hand in ihrer, sein kleiner Körper an ihrer Seite, wenn er nicht einschlafen wollte und noch ein wenig in ihrem Bett kuscheln wollte. Sie träumt, wie es damals gewesen war, nur sie und Paul und der Kleine…

*

Im Frühjahr 1947 hatte sie immer noch keine Nachricht von Heinrich, sie hoffte, dass er bald kommen würde. Sie war nun alleine mit Rolf, denn Paul hatte seine Erna geheiratet und lebte am anderen Ende der Straße. Um über die Runden zu kommen, hatte sie in ihrem Wohnzimmer eine Schneiderwerkstatt eingerichtet und nähte für andere Leute. Trotzdem reichte das Geld nicht wirklich und es war oftmals erschreckend kalt in der Wohnung, sie konnte sich einfach nie genug Kohlen kaufen. Rolf hatte eine Erkältung, schon seit vier Wochen, und es wollte und wollte nicht besser werden. Ende März, als es schon wärmer zu werden begann, gesellte sich der Husten hinzu. Der Junge sollte eigentlich eingeschult werden, konnte jedoch mit dieser Erkältung in keine Klasse aufgenommen werden.

Gerda hatte alle Hausmittel ausprobiert, die sie kannte und die ihr von Bekannten empfohlen worden waren. Nichts half lange, immer wieder kehrte die laufende Nase, der Husten zurück. Schließlich raffte sie sich dazu auf, mit dem Bus ins Nachbardorf zu fahren und den dort ansässigen Kinderarzt aufzusuchen. Der Bus fuhr nur unregelmäßig und manchmal gar nicht, doch an dem Tag hatten sie Glück. Pünktlich hielt der schnaufende Diesel an der Haltestelle und sie stiegen ein. Obwohl Frühling schon in der Luft lag, wehte doch ein eisiger Wind und sie hatte den Jungen warm eingepackt, mit einem zusätzlichen Schal und einer dicken Wollmütze. Auch im Bus war es kalt und sie fror, bis sie nach einer Stunde endlich ankamen. Der Kinderarzt war ein sehr netter, sehr adretter und höflicher Mann. Er war von hochgewachsener Gestalt, hager und mit dichtem Haar. Seine grünen Augen musterten sie eindringlich, dann wandte er sich Rolf zu. Gerda zog ihm den Schal vom Gesicht.

„Er plagt sich schon ein paar Wochen, manchmal wird es besser, dann wieder schlechter. Und jetzt noch dieser Husten...“

Wie auf Bestellung keuchte der Junge ein paar Mal.

„Na, das hört sich ja gar nicht gut an. Dann komm mal her, setz dich hier hin... ja, genau da, und jetzt mal tief einatmen...!“

„Isst er genug? Scheint mir ein bisschen dünn auf den Rippen!“, meinte der Doktor, während er mit seinem Stethoskop Rolfs Rücken abhorchte.

„Seit er den Husten hat, nicht, na ja, Kohl und Kartoffeln sind ja auch nicht wirklich nach seinem Geschmack!“

„Dann erzähl mir doch mal, was du gerne isst? Magst du denn Pudding? Oder möchtest du gerne einen Apfel? Hier, ein Schokoladenbonbon, magst du so was?“

Rolf strahlte und stopfte sich die klebrige Süßigkeit gleich in den Mund.

Der Arzt ließ das Stethoskop sinken.

„Gott sei Dank, eine Lungenentzündung hat er nicht, aber die Bronchien sind ziemlich verschleimt, hier, ich gebe Ihnen etwas, das sollte ihm helfen. Können Sie nächste Woche noch einmal vorbei kommen?“

Gerda zögerte. Natürlich wollte sie, dass Rolf gesund wurde, aber noch so eine teure Fahrt mit dem Bus...

Der Arzt bemerkte ihr Zögern und fragte auch gleich, wo sie denn wohne.

„Ach so, das trifft sich gut, ich hab schon einige Patienten dort, ich sage Ihnen was, ich komme bei Ihnen vorbei, dann kann ich mir den Rolf noch mal anschauen und Sie brauchen die lange Fahrt mit dem Bus nicht noch einmal zu machen. Ist ein Weg, machen Sie sich keine Sorgen, Sie müssen für den Hausbesuch auch nichts extra zahlen, das wird schon...!“

So lernte sie Martin Rochland kennen. Und sie genoss seine Gegenwart, seine Aufmerksamkeit, seine Männlichkeit. Martin kam einmal in der Woche, anfangs um nach Rolf zu schauen, dem es kontinuierlich besser ging, doch er stellte seine Besuche auch nicht ein, als der Junge wieder gesund war. Und dann merkte sie, dass sie wieder schwanger war...

*

Fast erschrocken kehrt Gerda in die Gegenwart zurück. Sie sieht sich um, nein, sie ist alleine, niemand ist Zeuge ihrer Träume gewesen. Trotzdem ist sie verwirrt, sie hat Schwierigkeiten, die jetzige Gegenwart von der Vergangenheit zu trennen, wie lange ist das alles schon her? Letztes Jahr, zwei Jahre...nein, es muss länger her sein, denn sie erinnert sich daran, dass Ludwig vor wenigen Tagen noch hier war und der ist ja auch schon größer, sind da nicht auch schon Enkel? Und seine Frau, richtig, wie heißt sie noch gleich? Der Name will ihr nicht einfallen, Lotte... Lore... Luise... verdammte Schmerzmittel, hoffentlich, hoffentlich...und wieder driftet sie in die schmerzlose, selige und wunderschöne Traumwelt ihrer Vergangenheit zurück.

*

Als erstes vertraute sie sich Paul an, ihm konnte sie immer alles sagen und er würde sie verstehen. Sie wollte dieses Kind unbedingt haben, nach den schmerzlichen Verlusten am Anfang ihrer Ehe würde sie es austragen, komme da, was wolle. Doch sie wusste auch, dass sie sich, Heinrich und den kleinen Rolf vor bösen Zungen behüten musste. Nun, Gerede würde nicht ausbleiben, aber sie wollte dem vorbeugen, wenigstens so weit, dass es niemand wagen würde, öffentlich an Heinrichs Vaterschaft zu zweifeln. Paul hatte eine rettende Idee. Sie sollte der aktuellen „Straßenzeitung" Irene, einer schrecklich geschwätzigen Nachbarin, „vertraulich" mitteilen, dass sie ihren Mann besuchen würde, er habe eine Möglichkeit gefunden, für einige Stunden das bewachte Gelände zu verlassen, sie dürfe es aber niemandem sagen, nicht, dass der Plan verraten würde, sie sehne sich  so sehr nach ihm und wolle ihm doch endlich den Bub zeigen, das Pflegekind, er habe schon so oft nach ihm gefragt. Dann würde sie mit Rolf für einige Tage zu Tante Alma nach Königswinter fahren. So könne sie in einigen Monaten, wenn die Schwangerschaft sichtbar würde, eine plausible Erklärung für ihren Zustand haben und Irene würde das ihre tun. So würden nur Paul, Tante Alma und Heinrich die Wahrheit wissen. Ach, Heinrich, was würde er dazu sagen? Doch sie schrieb ihm die Wahrheit und bat ihn um Verzeihung. Heinrich schrieb zurück, er wisse immer noch nicht, wann er wieder nach Hause käme, aber wenn, dann freue er sich auf sie und die Kinder. Fast fünf Jahre war er nun fort, der Krieg war doch schon lange vorbei, warum nur konnte er nicht endlich nach Hause kommen? Er durfte jetzt jeden Monat zwei Briefe schreiben, wisse aber nicht, wie es weiter ginge. Wenn er wieder da wäre, würde sich schon alles zum Guten wenden, sie sollte sich keine Sorgen machen.

*

Gerda wird wach und sieht Rolf an ihrem Bett sitzen. Zuerst denkt sie, es ist Heinrich, aber dann fällt ihr ein, dass ihr Ehemann schon vor vier Jahren diesen Unfall hatte, damals, als das Auto ihn überrollte, als er mit dem Fahrrad auf dem Weg zur Arbeit war. Und dann wurde sie krank. War das vor oder nach Heinrichs Heimkehr  gewesen? Ach nein, Heinrich kam ja im Frühjahr nach Ludwigs Geburt aus dem Lager wieder und dann hatte er eine Anstellung als

Maler bekommen und sie hatte weiter genäht, ja, genau, und Ludwig und Rolf waren zur Schule gegangen ... und Rolf sitzt nun hier und ist ein Mann ... also ist das alles schon länger her.

„Hallo, Mutter…!", sagt Rolf doch sie driftet schon wieder weg.

*

Ludwig steht auf dem Krankenhausflur und zögert. Er will die Mutter besuchen, doch er fürchtet sich vor ihrem Anblick. Dieses knochige Häufchen Elend in dem viel zu großen Bett, die vielen Schläuche, der Geruch, nein, das ist nur noch die Hülle der lebenslustigen Frau, die er als seine Mutter kannte. Nimmt sie ihn überhaupt noch wahr? Die beiden letzten Male, als er hier war, ist sie nicht aufgewacht und er ist, beinahe erleichtert, nach nur zehn Minuten wieder gegangen, fast geflüchtet. Er setzt sich, steht wieder auf, läuft ein paar Schritte hier hin, dann dort hin, geht in die Cafeteria, trinkt einen Kaffee, kommt wieder, steht vor der Türe und kann sich nicht überwinden, hinein zu gehen. Wie viele Wochen liegt sie nun schon hier, schwindet dahin, wird immer weniger? Als sie letzte Woche bei Bewusstsein war, da hat sie ihn immer so durchdringend angeschaut, als wollte sie ihm etwas sagen, er hat nur ihre Hand gehalten und zum Fenster hinaus geschaut. Aber was sollte sie ihm denn schon sagen wollen, es ist doch alles schon besprochen worden, dass er und Rolf nun völlig zerstritten sind, das weiß sie glücklicherweise nicht und er wird es ihr auch nicht sagen.
Nun nimmt er sich doch ein Herz und öffnet vorsichtig die Tür. Im Krankenzimmer der Mutter ist es still, die schmale Gestalt liegt reglos im Bett und ohne die Geräusche der Maschinen wüsste er nicht, ob sie noch atmet. Erleichtert und doch mit schlechtem Gewissen schließt er die Tür wieder und geht. Was bringt es, wenn er sich an ihr Bett setzt? Sie schläft oder ist bewusstlos, in jedem Fall merkt sie nicht, ob er da ist oder nicht.

*

Gerda öffnet die Augen, als sie den schwachen Luftzug von der sich schließenden Tür verspürt. Hoffnungsfroh schaut sie zur Tür, doch niemand ist gekommen. Dabei hatte sie so sehr gehofft, dass ihr Sohn endlich kommen würde, denn sie hat sich ganz fest vorgenommen, wenn er das nächste Mal da ist, dann wird sie ihm die Wahrheit sagen. Sie wird ihm sagen, dass Heinrich nicht sein Vater war, sie wird ihm sagen, wie das damals war und sie wird ihm sagen, dass er noch zwei Halbschwestern hat, Martins Töchter, viel jünger als er, und sie wird ihm sagen, wo er seinen leiblichen Vater finden kann. Danach kann sie in Frieden einschlafen und sie hofft, dass sie nicht mehr aufwachen muss. Nicht mehr diese Schmerzen ertragen, die ständigen Medikamente, die Erniedrigung der Pflege durch fremde Hände. Sie wird ihrem Sohn auch das Versprechen abnehmen, mit seinem Wissen vorsichtig umzugehen und sie wird ihm sagen, dass sie nun sterben möchte. Keine weiteren Medikationen, keine weiteren Untersuchungen, bitte!!

Sie seufzt und schließt enttäuscht die Augen. Dann eben morgen, morgen wird er sicher kommen, morgen wird sie es ihm sagen, morgen wird alles entschieden sein, alles gesagt, alles getan. Und Rolf soll noch einmal kommen, einmal noch möchte sie ihn sehen, seine Hand halten, auch wenn er nicht immer der Sohn war, den sie sich gewünscht hatte, so war er doch immer ihr Sohn gewesen. Zufrieden, erleichtert, dass sie nun endlich die wichtige Entscheidung getroffen hat, gibt sie sich dem Schlaf hin, lässt sich fallen, tiefer und tiefer und ihr letzter Gedanke ist, wo hatte sie das nur gelesen?, dass der Schlaf der kleine Bruder des Todes ist.

*

Der Anruf reißt Ludwig und Lilo um halb sechs Uhr morgens aus dem Schlaf. Die Stationsschwester informiert ihn darüber, dass seine Mutter an diesem Morgen um 5:05 Uhr verstorben ist. Gesagt? Nein, gesagt habe sie nichts mehr, sie sei einfach eingeschlafen und nicht wieder aufgewacht.

# Parkplatzmangel

Ich mache normalerweise nie bei diesen Online-Gewinnspielen mit. Ich bin überzeugt davon, dass die meisten Veranstalter nur meine E-Mailadresse wollen, damit ich in der Folge von Werbe- und Spammails überschüttet werden kann. Vor einigen Wochen jedoch befand ich mich auf einer Geschäftsreise, die ich per Bahn antrat. Ich hatte es eilig, und man kennt ja die Zustände auf den Autobahnen. Aber was passierte? Mein Zug stand über drei Stunden auf offenem Feld, weil irgendein Gehirnamputierter es lustig gefunden hatte, ein Teilstück der Geleise zu "entwenden". Offenbar war auch eine Weiche betroffen, so dass wir, die Passagiere, darauf warten mussten, von einem Bus abgeholt zu werden. In meinem Frust surfte ich durch sämtliche Kanäle und landete auf diversen Gewinnspielen, an denen ich mich in Gänze beteiligte. Kurz drauf vergaß ich es wieder und war nicht schlecht erstaunt, als mein holdes Weib mich im August mit der folgenden Nachricht überraschte:

„Stell dir vor, wir haben einen Gutschein für einen Wellnesstag gewonnen!"

„Wie, gewonnen? Hast du etwa bei so einem bekloppten Gewinnspiel mitgemacht?" – „Nein, wieso, ich doch nicht! Hier steht dein Name!" Da fiel mir die missglückte Bahnfahrt wieder ein, und ich klärte meine Frau auf. Wir nahmen den Gutschein aus dem repräsentativen Kuvert.

„Oh, schau mal, das ist ja hier ganz in der Nähe!" – „Tatsächlich!", freute ich mich. – „Bis wann ist er denn gültig? Steht da was?" – „Ja, ein ganzes Jahr. Das ist ja praktisch! Ruf doch die nächsten Tage dort an und erkundige dich, wie das mit den Terminen aussieht." – „Mach ich!"

*

Bei dem ersten Telefonat, das die Dame des Hauses mit dem *'Golden Cloud Spa'* führte, stellte sich heraus, dass es eine ellenlange Warteliste gab. Wir würden frühestens im Dezember einen Termin bekommen können. Allerdings wolle man uns, weil wir ja einen Gutschein gewonnen hätten, auf die VIP–Liste setzen und uns anrufen, wenn ein früherer Termin frei würde. Gesagt – getan. Nun bin ich aber beruflich viel unterwegs, und meine Frau ist freiberufliche Lektorin, muss also ihre Textaufträge termingerecht fertigstellen. Außerdem haben wir zwei kleine Kinder. Wenn wir uns einen freien Tag oder einige freie Stunden gönnen wollen, muss dies exakt geplant werden. Meine Termine müssen mit ihren Terminen und den Terminen der Babysitterin koordiniert werden. Keine leichte Angelegenheit.

*

Der Anruf kam Anfang Oktober. Eine sehr nette Dame erklärte uns, dass ein Termin im Spa freigeworden sei und wir diesen wahrnehmen könnten. Dabei schien sie sich mehr zu freuen als ich, denn ihre Stimme enthielt eine große Portion überschwänglicher Begeisterung. Aber vielleicht war sie in einem dieser Seminare gewesen, da lernt man ja so etwas.

„Das ist schön, wann ist denn der Termin?", erkundigte ich mich. – „Schon nächste Woche Montag, um dreizehn Uhr, ist das nicht toll!" Ich konsultierte meinen Kalender. Den meiner Frau gleich mit, hatte ich alles auf dem I-Phone. Gleichzeitig schickte ich eine Mail an unsere Babysitterin und klärte sie über die Sachlage auf.

„Gut, das klappt. Dreizehn Uhr haben Sie gesagt? Danke, dann sind wir da!"

Sofort vermerkte ich den Termin, auch bei meiner Frau, bekam dann auch eine Bestätigung von der Babysitterin und widmete mich wieder meiner Arbeit.

Am Samstag bekam ich einen weiteren Anruf vom *Golden Cloud Spa*. Diesmal eine andere Dame, die aber genauso freudig erregt zu sein schien, uns am Montag zu sehen. Sie wolle uns nur an den Termin erinnern und wies darauf hin, dass wir eine halbe Stunde vor der Zeit einchecken sollten. Das empfand ich schon als eigenartig, und ich wollte den Grund wissen. Man wolle sicher sein, dass wir auch anwesend seien, verriet mir die Dame. Na gut, dann den Termin mit Babysitterin und Eheweib eine halbe Stunde vorverlegt und alles arrangiert, so dass wir um halb zwölf losfahren konnten.

Punkt halb eins fuhren wir auf den Parkplatz, bemerkten aber schnell, dass alle Außenparkplätze belegt waren. Also Rückwärtsgang rein und zurück zur Hauptstraße. Da fiel uns auch das Hinweisschild auf: „Alle Außenparkplätze sind belegt, bitte nutzen Sie die Tiefgarage!"

Kein Problem. Also auf zur Tiefgarage. Am Eingang befanden sich eine Sprechsäule und eine Klingel. Ich hielt das Auto an und betätigte die Klingel.

Einmal geklingelt...

Zweimal geklingelt…

*Ist bestimmt viel los an der Rezeption.*

Dreimal geklingelt ... keine Antwort.

*Egal,* denke ich, *fahren wir doch links herum auf den anderen Parkplatz.* Dort angekommen mussten wir aber wiederum warten, denn der Kollege in dem Pförtnerhäuschen schien uns weder zu hören noch zu sehen. Konnte er auch nicht, denn sein Radio war so laut, dass ich im Auto die Nachrichten mithören konnte. Auch der Zeitungsartikel schien enorm interessant zu sein. Ich stieg also aus und klopfte an die Scheibe.

„Entschuldigung, kann ich hier parken? Wir haben einen Termin im Spa, und die Parkplätze drüben sind alle belegt."

Die Antwort kam etwas undeutlich durch die Zeitung und über den lauten Nachrichtensprecher.

„Dann fahren Sie zurück und parken in der Tiefgarage!"

Ungläubig fragte ich ihn, ob er das ernst meine.

„Ja, natürlich!", kam seine Antwort.

Mittlerweile ziemlich genervt stieg ich zu meiner Frau ins Auto und erklärte ihr die Lage. Dann fuhren wir zurück zur Tiefgarage.

Einmal geklingelt ... nix

Zweimal geklingelt ... *Ist bestimmt immer noch viel los an der Rezeption.*

Dreimal geklingelt ... immer noch nix.

Mit einem wütenden: „Jetzt gehe ich mal da hoch ...!", schoss meine Frau aus dem Auto und verschwand um die Ecke zum Haupteingang. An der Rezeption, wo gerade offenbar noch so viel los gewesen war, herrschte Ruhe und eine einsame Rezeptionistin blätterte in einem Katalog.

Meine Frau, immer noch ziemlich ruhig: „Entschuldigung bitte, wir haben einen Termin und möchten in die Tiefgarage. Könnten Sie mal bitte aufmachen?" – „Nö, Tiefgarage ist voll, fahren Sie bitte wieder zurück zur Hauptstraße, links und direkt wieder links auf den Parkplatz."

Mit dieser Antwort kam meine Frau wieder und jetzt waren wir beide ziemlich genervt. Jetzt stieg ich aus und begab mich zum Haupteingang. – „Hören Sie mal, sind Sie denn nicht in der Lage, die Sprechsäule zu bedienen? Ich klingle und klingle und niemand antwortet ...!"

Ein verständnisloser Blick streifte mich.

„Wenn die Tiefgarage auch voll ist, warum ist dann das Hinweisschild nicht an, das große, mit den Leuchtbuchstaben für ganz Blöde?" Die Dame holte entsetzt Luft, um mir zu antworten, aber ich war noch nicht fertig. „Und auf dem Nachbarparkplatz waren wir auch schon, der Kollege dort hat wahnsinnig viel zu tun, denn er hat seine Zeitung noch nicht ausgelesen und keine Zeit, mir einen Parkplatz zuzuweisen!"

Sprachlosigkeit war die Antwort.

„Mein Termin ist in zehn Minuten, wo soll ich denn jetzt parken?" Die Dame hatte mittlerweile einen hochroten Kopf bekommen. Doch ich kannte kein Mitleid. Ich dachte gar nicht daran, es ihr leichter zu machen, indem ich mich verständig zeigte.

„Dann fahren Sie gegenüber auf den Parkplatz vom Hotel Riesler, ziehen ein Ticket und melden sich an der dortigen Rezeption. Denen sagen Sie, dass Sie zu uns wollen. Dann können Sie nach Ihrem Termin dort bezahlen und wieder fahren. Das machen auch einige der anderen Gäste so."

Ich starrte sie an und nun war es an mir, sprachlos zu sein. Irgendwie hatte ich mir eine VIP-Behandlung anders vorgestellt. Und irgendwie war mir nun nicht mehr nach Wellness zu Mute. Ich stapfte zu meiner Frau zurück, die im Auto vor der geschlossenen Tiefgarage ausgeharrt hatte und fragte sie, ob wir nicht lieber essen gehen wollten.

„Gute Idee!", sagte sie. „Mittlerweile habe ich auch Hunger bekommen."

Wir fuhren zu MacDonalds. Da gibt es immer genügend Parkplätze.

# Am Rande der Stadt

Der Alte wohnt am Rande der Stadt in einem herunter gekommenen Häuschen, kaum mehr als eine Schrebergartenhütte. Ein Garten, den zu pflegen er schon lange nicht mehr die Kraft hat, umgibt die einfache Holzhütte. Der Zaun, der einst den Garten umgab, steht nur noch an wenigen Stellen. Die Leute nennen ihn den Spinner.

„Der Alte hat nicht mehr alle Tassen im Schrank!", heißt es. „Macht bloß einen Bogen um die verlotterte Hütte, der Alte spinnt total!", sagen sie.

So kommen seit Jahren immer weniger Leute an seiner Hütte vorbei und er wurde immer seltsamer. Nur seinen Esel hat er noch zum Reden. Er kennt fast niemanden mehr, alle die hier früher wohnten, alle die er einst kannte, sind fort gezogen oder gestorben.

„Vierzig Jahre sind wir nun zusammen, Wladi, mein grauer Freund. Vierzig Heilige Abende, hörst du die Glocken? Immer einsamer werden sie, diese Abende. Seit sie die große Straße gebaut haben, kommen nicht einmal mehr die frechen Buben, um unsere Äpfel zu klauen. Vierzig Jahre, ach, Grauer, fast könnten wir denken, wir sind allein auf der Welt!"

Der Esel kratzt sich stöhnend mit dem kleinen, schwarzen Huf hinter dem Ohr. Ein wenig schwankt er dabei, es fällt ihm in letzter Zeit immer schwerer, dabei das Gleichgewicht zu halten. Vierzig Jahre, immerhin ... damals in Ostpreußen, als er noch ein Fohlen war, da ging das fix, aber jetzt? Steif und schwerfällig setzt er das Bein wieder ab und wendet sich seinem Trog zu. Möhren und Kartoffeln sind darin, kleingeschnitten und zu einem halbgaren Brei gekocht. Denn auch seine Zähne sind viel zu lang und er kann schlecht kauen.

„Weißt du noch, Wladi, als wir damals den Treck aus Ostpreußen mitmachten? Ich ritt auf der Stute, Nora hieß sie, und du bist hinterher gesprungen. Viele hundert Kilometer sind wir so gewandert und du bist nie müde geworden. Immer zu Streichen aufgelegt und immer lustig warst du. Hast alle im Treck mit deiner guten Laune unterhalten. Die Nora hat es nicht geschafft, war auch schon alt. Aber du, du hast mich nicht verlassen. Ach, Wladi, mein Guter!"

Der Esel schaut den Alten an und wackelt mit den Ohren. Im Zimmer ist es kalt, denn die karge Rente hat diesen Monat nicht für extra Brennholz gereicht. Der Bollerofen neben dem altersschwachen Sessel ist nur noch lauwarm, es hat den letzten Rest des Holzes für den Brei des Esels verbraucht. Morgen wird er noch einige Latten vom Zaun brechen und versuchen, sie zu trocknen. Er legt dem Esel eine zerschlissene Wolldecke über und krault ihn am Mähnenkamm. Dann zieht er noch eine Jacke an und sinniert weiter.

„Weißt du noch, Grauer, wie wir bei dem Circus gelandet sind? Da haben wir uns zum ersten Mal wieder richtig satt essen können. Das war eine Freude, was? Und wie du dann gewachsen bist, so ein schöner Esel bist du geworden. Und wie wir beide dann unsere Circus Nummer gemacht haben, weißt du das noch, Wladi? Ich als dummer August und du als der Schlaumeier, der alles besser konnte und mich ständig herein gelegt hat? Das war eine schöne Zeit, Wladi, eine schöne Zeit war das!"

Er seufzt tief und trinkt einen Schluck aus der Flasche. Der klare Schnaps wärmt ihn von innen, da spürt er die äußere Kälte nicht so.

„Weißt du noch, Wladi, als das Wölfchen immer auf dir reiten wollte? Cowboy wollte er spielen, Ritter oder Indianer. Und du hast keine Lust gehabt, hast dich einfach hingelegt. Nein, du warst ja ein prominenter Circus Artist, du wolltest keine Kinderspiele mitmachen. Wölfchen kam dann zu mir und hat sich beschwert. Aber was sollte ich ihm denn sagen, schließlich hast du zweimal am Tag in der Manege dein Brot verdient. Unser Brot. Ja, ja, das war eine schöne Zeit!"

Der Alte lacht still vor sich hin. So viele Erinnerungen, so viele Bilder, ach, das Leben war schön gewesen, aber jetzt... einsam und allein... und Moni, ach je, Monika...

„Als meine beiden Mädchen dich dressieren wollten, das war eine Gaudi! Du hast nur da gestanden und die beiden angeschaut! Ich habe ihnen gesagt, der Wladi weiß, was er kann, der will nicht noch was lernen. Aber sie wollten dir ja unbedingt einen neuen Trick beibringen, nur du, du wolltest nicht! Na ja, sie haben dann lieber mit ihren Puppen gespielt, und später dann den Erik dressiert, weißt du noch, den kleinen Mischling, den wir in Italien gefunden haben? Eigentlich hat er ja uns gefunden. Aber du hast dich gut mit ihm verstanden, der hat sogar bei dir geschlafen. Der Lümmel!"

Er lacht und der Esel schnaubt, denn dreht er sich von seinem Futtertrog ab und legt sich schwerfällig auf den Strohberg, der fast die Hälfte des Wohnzimmers einnimmt. Weit weg vom Ofen, aber der ist ja sowieso aus. Der Alte schweigt und beide lauschen dem Glockengeläut. Weihnachtsglocken, denkt der Alte.

„Ach, wären doch bloß die Kinder hier. Bis nach Amerika mussten sie, verdammte Gören. Bleib im Lande und nähre dich redlich, hat man uns gelehrt. So ein Quatsch. Uns hat man ja auch vertrieben. Bei uns waren es die Russen. Und wer hat euch vertrieben? Wer war es bei euch? Wölfchen hat dieses Jahr nicht einmal eine Karte geschrieben. Hat uns beide vergessen. Seit seine Familie so groß geworden ist, da gehören wir nicht mehr dazu. Und die Mädchen, meine beiden Mädchen. Warum Amerika? Die andere in Spanien. Da ist es warm, hat sie geschrieben. Komm doch her, Papa, hat sie geschrieben. Aber den Wladi musst du da lassen, hat sie geschrieben. Wir wohnen in der Stadt, da ist für einen alten Esel kein Platz, hat sie geschrieben. Als ob ich dich verlassen würde...“

Das Klingen und Beben der Glocken erfasst nun einen Kirchenturm nach dem anderen. In der Stille der Heiligen Nacht tönen die gewaltigen Schläge wie ein Versprechen. Helle Glockenschläge, dumpfe Glockenschläge und die ganz tiefe Stimme vom großen Kirchturm auf der anderen Flussseite.

„Ach, Moni, wärst du doch noch bei mir. Was soll ich nur ohne dich anfangen? Hätten, sie uns damals den kleinen Willi nicht wieder weggenommen, als wir ihn adoptieren wollten ... dann wäre sie noch bei mir. Ja, das hat ihr das Herz gebrochen, das war zu viel gewesen. Wölfchen fort, so weit weg und kaum ein Wort von ihm. Die Mädchen, verstreut in der Ferne und der Jüngste, mein Joschi, das Unglück mit dem verdammten Pony, hätte ich nie kaufen sollen, verfluchtes Vieh! Fünfzehn wäre er heute, geboren an einem Weihnachtsmorgen... dann der kleine Willi, der nicht bei uns bleiben durfte. Weißt du noch, als er zu Karneval als Indianer verkleidet auf dir geritten ist? Zwei Jahre war er alt, so ein Sonnenscheinchen. Keine vier Wochen danach haben sie ihn uns wieder weggenommen.“

Er steht auf und geht ans Fenster. Zweihundert Meter von seinem Gartenzaun entfernt ist der Friedhof und dort liegt seine Moni. Neben ihrem Grabstein, einem rötlichen Granitfindling, steht eine schlanke Birke. Wenn auf der neuen Schnellstraße ein Auto vorüber fährt, dann leuchtet jedes Mal der weiße Baumstamm im Scheinwerferlicht. Er schaut aus dem Fenster und stellt sich vor, dass seine Moni ihm zuwinkt. Der Baumstamm ist ihr weißer Arm und ihre Hände, das sind die zahlreichen Äste. Es hat ganz sachte zu schneien begonnen. Langsam häufen sich kleine Schneemützchen auf den Resten des Zaunes, auf dem Apfelbaum und auf dem Busch, der vorne am Weg steht.

Der Esel stöhnt laut auf und streckt sich. Der Alte holt eine neue Flasche Korn und schenkt sich ein Glas ein. Wladi hebt seinen fast weißen Kopf und auch er leckt und schleckt genießerisch an der Flasche.

„Ja, Wladi, uns verbinden vierzig Jahre. Dein ganzes Leben und mein halbes. Da ist ganz schön was zusammen gekommen, was meinst du?"

Wladi lässt sich zurück sinken und schaut mit trüben Augen zu dem Alten auf. Seine großen Ohren hängen schlaff und traurig zur Seite.

„Im Frühjahr wollen sie uns hier weg haben, stell dir mal vor, Wladi, die wollen uns rausschmeißen. Wir können nicht mehr hier wohnen, sagen sie. Wir können nicht mehr für uns sorgen, sagen sie. Ich soll in ein Altenheim, so ein Quatsch. Und du, was soll denn mit dir werden? Dich wollen sie in so einem Altenheim bestimmt nicht haben. Ach, Wladi, was ist das Leben nur für eine Scheiße...!"

Der Esel hebt beim Klang seines Namens den Kopf und schnaubt durch die Nüstern. Der Atemhauch streift den Bart des Alten, der lang und schmutzig-grau auf dem Revers der verschlissenen Jacke liegt.

„Noch ein Gläschen, komm, Wladi, mein Guter. Heute ist Weihnachten. Wo sind nur all die Menschen? Wie leer die Welt doch ist!"

In seiner Erinnerung, ganz weit entfernt, beginnt ein Hölzchen aufzuflammen. Damals in Königsberg ... die Bomben ... die Mutter ... ach, die Mutter, sie konnte doch so schöne Geschichten erzählen! Verträumt lächelt er vor sich hin. Sein liebstes Märchen, das war das mit den Schwefelhölzchen! Sie begann es immer mit den Worten: Es war einmal...!

Er zündet ein Hölzchen an und blickt in die Flamme. Noch ein Hölzchen, noch eine Flamme. In jeder winzigen Flamme sieht er eine Erinnerung aus seiner Vergangenheit. Er sieht seine Frau, grau und verhärmt in ihren letzten Jahren, die Kinder, dann wie sie als junges Mädchen war, als er sie kennengelernt hatte. Noch ein Hölzchen. Seine Gedanken reisen weiter, immer weiter in die Vergangenheit. Die großen Auftritte mit Wladi, vor tausenden von Menschen sind sie aufgetreten, durch ganz Europa sind sie gereist. Scheinwerferlicht, Manegenstaub, Applaus ... dann die Flucht aus Ostpreußen, der Krieg und die

Heimat dort drüben, für immer verloren. Noch ein Hölzchen, noch eine Flamme. Weiter, immer weiter zurück laufen die Bilder. Die Mutter, der Vater, weite Felder, Heuernte und die prachtvollen ostpreußischen Pferde, sein kleiner Bruder, noch in der Wiege verstorben. Ach, die Bubenzeit ... er sieht alles vor sich ... ganz deutlich sieht er alles vor sich. Die Flasche ist leer doch die Schwefelhölzchen brennen weiter. Noch ein Hölzchen, noch eine Flamme. Der graue Esel liegt still und starr auf seinem weichen Strohbett, die Augen trüb und gebrochen. Der Alte merkt es nicht. Sein Geist verharrt in der glücklichsten Zeit seines Lebens und will nicht mehr zurückkehren in die traurige Gegenwart.

Es war einmal ein Schwefelhölzchen...

Das letzte Hölzchen fällt ihm aus den erstarrten Fingern und segelt langsam zu Boden. Die trockenen Strohhalme fangen sofort Feuer und in Sekundenschnelle steht das Zimmer in Flammen. Die beiden Alten spüren es nicht mehr. Vor dem Fenster fallen nun die Flocken dicht und schwer, decken den Schmutz der Welt zu, den Schmerz, den Tod und die Träume. Und aus ihrer Mitte steigt die helllodernde Flamme der Vernichtung.

Nach einer langen Weile schreit das Blaulicht der Feuerwehr in die stille Nacht. Eilig kommen die roten Löschfahrzeuge näher, ihre Sirenen rufen: „Macht Platz, macht Platz!" Doch bevor sie an dem kleinen Haus ankommen sinkt das Feuer in sich zusammen und eine dunkle Rauchwolke steigt zum Himmel auf. Zischend fallen die Flocken auf die Glut. Am Rande der Stadt...

# Ja, ja, die Liebe...

Ich werde oft angesprochen, wenn ich mit meiner Hündin im nahen Park spazieren gehe.

„Entschuldigen Sie bitte, mein Herr, welche Rasse ist das? So einen Hund habe ich ja noch nie gesehen! Wunderschön, darf ich...?"

Ich nicke, denn meine Igarka hat ein äußerst angenehmes Wesen und sie ist freundlich zu jedermann, reserviert und zurückhaltend anfangs, aber freundlich. So komme ich mit vielen Leuten, Hundebesitzern und Nicht-Hundemenschen, ins Gespräch und es haben sich schon einige dauerhafte Bekanntschaften daraus entwickelt. Ja, einen Barsoi hat hier sonst niemand und Igarka ist mit ihren fast 90 cm Schulterhöhe und dem schneeweißen, handlangen Fell eine sehr imposante Erscheinung.

Wenn ich sie dann auf dem großen Rasenviereck von der Leine lasse und sie mit weit ausholenden Sprüngen ihren Übermut auslebt, schnell wie der Wind und dabei doch auf den leisesten Zuruf sofort zu mir zurückkehrend, dann bin ich nicht ohne Grund sehr stolz auf mein Mädchen.

Schon in meiner Kindheit waren die treuen Fellnasen unsere ständigen Begleiter. Auf dem elterlichen Bauernhof hatten wir Hofhunde, Jagdhunde, Hütehunde, Wachhunde, Hunde, die immer eine Aufgabe, einen Zweck zu erfüllen hatten. Erst als ich meine eigenständige Arbeit als freier Autor in der Stadt aufnahm, konnte ich mir den Luxus eines reinen Begleithundes leisten, eines Gefährten, der mir in den langen Nachtstunden ein treuer Weggefährte ist, Nachtstunden, in denen ich meiner Phantasie freien Lauf lassen kann und so die Worte zu Papier bringen kann, die mir, uns, den Lebensunterhalt sichern. Auf einer Ausstellung sah ich zum ersten Mal in die Augen eines Barsois und verliebte mich auf der Stelle. Dieser Hund sollte es sein und kein anderer. So kam ich auf diesen Hund, auf Igarka. Von einem kniehohen, unbeholfenen Welpen hat sie sich zu einer solchen Schönheit entwickelt, wie ich es mir in meinen kühnsten Träumen nicht hätte ausmalen können. Schön, elegant, aristokratisch, ja, das ist meine Igarka, eine Barsoihündin von edlem Geblüt, Nachfahrin der kaiserlichen Windhunde des russischen Zarenhofes.

Nun steht sie in ihrem zweiten Lebensjahr und ich möchte gerne mit ihr züchten. Die Vorschriften sind bei diesen Hunden ziemlich streng, was zum Beispiel Kompatibilität und Inzucht angeht. Auch darf die Rassehündin von keinem 'Rassefremden' gedeckt werden, sonst darf ich mit ihr nie wieder züchten, bzw. würden alle weiteren Nachkommen als nicht reinrassig angesehen und nicht ins allgemeine Zuchtbuch aufgenommen werden. Ich hatte mich also vor einigen Monaten schon um einen passenden Rüden gekümmert. Jetzt warte ich auf ihre Hitze, der Besitzer des Rüden mit Namen Igor vom Zarenhof ist informiert und wird seinen kostbaren Vererber zu uns bringen, wenn die Zeit gekommen ist.

Nun lebt in unserer Nachbarschaft, wo genau, weiß ich nicht, ein schwarzer 'gepudelter Dackelspitz', ein Mischlingshund, der jeden Nachmittag gegen 16 Uhr meiner Igarka an unserem Gartentor seine Aufwartung macht. Der Besitzer scheint erst vor kurzem hierher gezogen zu sein, denn ich habe den Kleinen vor diesem Sommer noch nie gesehen. Ich treffe doch die meisten Hundebesitzer morgens oder nachmittags im Park. Dann steht Fratz, wie ich ihn genannt habe, am Tor und kläfft. Igarka liegt auf den sonnenbeschienenen Stufen oder im Schatten des Kastanienbaumes, hebt manchmal den Kopf, aber sie ignoriert seine schrille Verehrung konsequent. Trotzdem kommt Fratz jeden Tag, kläfft ein bisschen herum, steckt seine Nase zwischen die eisernen Streben und verzieht sich nach ein paar Minuten wieder.

Aber jetzt ist mein Mädchen in der Hitze und Fratz' Verehrung kennt keine Grenzen mehr. Anstatt sich nach ein paar Minuten wieder zu verziehen, bleibt er vor dem Tor sitzen, bellt und schnüffelt, jault, springt vor dem Tor auf und ab und gibt keine Ruhe. Und meine hochherrschaftliche Gräfin beginnt tatsächlich, den kleinen Kerl heraus zu fordern. Sie jagt mit ihm am Zaun auf und ab, sie beschnüffeln sich durch die Gitterstäbe, erzählen sich jaulend ihre Sehnsucht nacheinander. Als sie aber beginnt, ihm herausfordernd ihr Hinterteil durch die Stäbe entgegen zu strecken … nicht dass der Zwerg eine Chance gehabt hätte. Ich telefoniere: „Igor kann kommen, die Zeit ist reif!"

Igor kommt und … Igarka ignoriert ihn völlig. Igor ist ein prächtiger Rüde, eine Handbreit höher als mein Mädchen und mit einem wunderschönen, hellbraunen Fell, das sich im Gesicht zu einem hellen Beige ausläuft. Sein Rücken ist schnurgerade und die Rute steht mir bis unter die Nase, so hoch trägt er sie. Der Lümmel stolziert also in mein Haus und belegt als erstes die Couch, legt seine aristokratische, schwarze Nase auf meine weißen Kissen und schließt seufzend die Augen. Er macht den Eindruck eines selbstverliebten Paschas, nicht den eines deckfreudigen Rüden. Igarka verzieht sich auf ihren Platz am Terrassenfenster und dreht ihm demonstrativ den Rücken zu. Na, das kann ja heiter werden!

Ich gönne mir mit Igors Besitzer einen Kaffee, wir reden, tauschen uns aus und beobachten die Hunde. Nichts. Keine Regung. Sollen wir sie alleine lassen? Schließlich sind Hunde ja auch nur Menschen und so eine Zeugung auf Kommando ... dann noch mit Zuschauer ... wir verziehen uns in die Küche, doch nichts passiert. Keiner rührt sich. Igor schläft, Igarka schaut aus dem Fenster. Wir kommen überein, dass Igor bis morgen hier bleiben soll.

„Mein Igor, der macht das schon, Sie werden sehen, in ein paar Stunden fühlt er sich heimisch...!"

Damit verabschiedet sich der Besitzer und ich kehre zu meinen paarungsunwilligen Vierbeinern zurück.

16 Uhr. Igarka hebt den Kopf, spitzt die Ohren. Dann springt sie auf und flitzt wie der Wind durchs Zimmer, aus der Tür hinaus und begrüßt ihren kleinen Verehrer mit einem sehnsüchtigen Gebell. Igor schaut nur gelangweilt und schläft dann weiter. Vorne am Gartentor aber geht der Liebestanz wieder los. Immer wieder schlägt sie mit ihren langen Pfoten auf die Erde, umwirbt ihn, bittet ihn, streckt sich ihm entgegen, sie beschnüffeln sich und es sieht aus, als küssen sie sich. Dann erzählt sie ihm wohl von dem eingebildeten Lümmel, der auf ihrem Sofa liegt. Ist das noch meine eben noch so arrogante und desinteressierte Hündin? Wie eine Dirne, die um ihre Freier buhlt, biedert sie sich dem Liebhaber an und ich bin froh, dass der Zaun selbst für eine springgewaltige Barsoihündin zu hoch ist, sonst würden die Beiden sicherlich zu einem Schäferstündchen im nahen Wald verschwinden.

Nachdem der Liebestanz am Tor wieder mal kein Ende nehmen will, schon zweimal haben sich die Nachbarn beschwert, rufe ich wieder den Besitzer des stimmgewaltigen Fratz an.

„Sie müssen Ihren Hund wieder einmal abholen, er macht die ganze Nachbarschaft verrückt ...nein, er gibt keine Ruhe, hören Sie doch...", und ich halte den Hörer in Richtung des Tores. „Ja, natürlich, ich nehme sie herein, das ändert aber nichts daran, dass Ihr Hund hier einen gehörigen Rabatz veranstaltet. Ja, bitte... tun Sie das... danke!"

Fratz' Besitzer scheint ein junger Mann zu sein, hat sich mit 'Alex' gemeldet, aber ich habe ihn noch nie zu Gesicht bekommen. Er hat eine angenehme Stimme, ich stelle mir vor, dass er vielleicht Schauspieler oder Radiosprecher sein könnte. Irgendwann ertönt ein schriller Pfiff, der liebeskranke Casanova wirft einen letzten, sehnsüchtigen Blick in unsere Richtung und trollt sich dann widerwillig, dem Ruf des Herrchens folgend. Nun ist wieder Ruhe eingekehrt und Igarka kehrt zu ihrer Betrachtung des Terrassenfensters zurück. Igor schaut etwas genervt, als würde er sagen: „Ist der Krach denn endlich vorbei?" Ich hole ihm eine Schüssel mit frischem Wasser, er geruht sich zu erheben und von dem dargereichten Wasser zu schlabbern. Dann kehrt er auf das Sofa zurück und schließt die Augen. Auch Igarka trinkt, würdigt aber den Lümmel, der Vater ihrer Kinder werden soll, keines Blickes.

In dieser Nacht schlafen meine beiden Vierbeiner tief und fest, nur ich wälze mich von einer Seite auf die andere. Als ich zu sehr später Stunde dann doch einschlafe, habe ich einen furchtbaren Albtraum. Ich sehe meine wunderschöne, edle Hündin durch den Garten laufen und hinter ihr trippeln und trapsen gut ein Dutzend kleine schwarze, weiße und schwarz-weiß gefleckte Mischlingswelpen, alle grinsen mich mit  frechen Fratz-Gesichtern an, wuseln um mich herum während Igarka sich hinsetzt und mich erwartungsvoll anschaut. Ich finde die Kleinen schließlich doch allerliebst und fange an, sie auf den Arm zu nehmen und mit ihnen zu spielen.

Mitten in diesen Traum kracht und klirrt es plötzlich und ich schrecke hoch. In meiner Küche scheint der Teufel zu wüten. Immer noch im Halbschlaf  kann ich kaum zwischen Traum und Wirklichkeit unterscheiden, stürze zur Küchentür und reiße sie auf. Ich falle sofort über einen Stuhl, der vorher da noch nicht stand, oder lag, und entgehe den spitzen Scherben der Teekanne auf den Küchenfliesen nur um Haaresbreite. Ich versuche, aufzustehen und werde augenblicklich wieder umgerannt. Zwei liebestolle Vierbeiner jagen sich um Tisch und Stühle und ich wünschte, Igor hätte diese Energie aufgebracht. Aber nein, es ist Fratz, der hinter Igarka herjagt und sie lockt ihn, jagt ihn, fordert ihn heraus. Wie der kleine Einbrecher ins Haus kam, entzieht sich meiner Kenntnis, aber darüber denke ich im Moment gar nicht nach. Igarka bleibt stehen, schlägt mit ihren langen Läufen auf den Boden: 'Komm, Kleiner, komm doch...'" und weiter geht die Jagd. Igor hat sich inzwischen hysterisch jaulend unter dem Couchtisch verkrochen, aber ich habe keine Zeit, mich um ihn zu kümmern, und ich sehe nur noch Fratz, wie er auf der Treppe in die oberen Zimmer verschwindet. Ich hetze hinterher und erwische die beiden doch tatsächlich noch rechtzeitig. Sie steht erwartungsvoll vor dem Bett, drückt ihr Hinterteil gegen die Matratze und Fratz macht sich bereit, seine etwas zu groß geratene Geliebte aus der erhöhten Position meines Bettes heraus zu besteigen.

Mit einem entschlossenen Griff ins Nackenfell kann ich ihn gerade noch rechtzeitig aus der Gefahrenzone entfernen. Fratz wehrt sich beträchtlich, versucht mich zu beißen, na ja, eigentlich kann ich ihn verstehen. So nahe am Ziel ... aber ich sperre ihn erst einmal ins Gäste Klo. Ich denke, es ist der sicherste Raum, nur ein kleines Fenster ziemlich weit oben, nein, da kommt er nicht heraus. Es ist mir ein Rätsel, wie dieser verrückte Hund in mein Haus kommen konnte, wie schaffte er das? Über oder unter dem Zaun? Das muss ich morgen gründlich erforschen. Aber zuerst schimpfe ich mit Igarka, was sie sich dabei gedacht hat, frage ich sie, ungezogenes Mädchen! Sie windet sich schuldbewusst um meine Beine und blickt mich mit ihren großen Kulleraugen an, bittet um Vergebung.

Jetzt muss ich aber den wertvollen Rüden suchen. Der hatte sich, um bessere Deckung bemüht, unter das Sofa verkrochen und will partout nicht mehr herauskommen. Zu den Hintergrundgeräuschen den zornig protestierenden Fratz versuche ich, Igor heraus zu locken. Ich probiere es mit Wurst, mit Käse, mit einer halben Frikadelle, doch er rührt sich nicht. Ich mache mir Sorgen, hoffentlich hat er sich nicht verkeilt, kann vielleicht nicht von alleine heraus! Du meine Güte, wenn dem was zustößt, wenn er sich verletzt hat! Ich beginne, das Sofa auseinander zu nehmen, es von oben her abzubauen. Aber erst als ich bei den letzten Polstern angekommen bin, da kriecht der Feigling darunter hervor und legt sich wieder auf das andere Sofa, wo er schon den gesamten letzten Tag zugebracht hatte.

Nach der ganzen Aufregung scheuche ich Igor und Igarka in den Garten, dann höre ich wieder das Kratzen an der Klotür. Ja, richtig, da versucht Fratz doch, sich aus seinem Gefängnis heraus zu graben. Egal, jetzt erst mal seinen Besitzer aus dem Bett klingeln, er muss seinen Kläffer abholen. Da klingelt auch schon das Telefon. Der andere Nachbar beschwert sich, wieso das denn schon wieder so ein Krach bei mir wäre, nicht nur tagsüber, nein, jetzt auch noch Nachts, das ginge doch nicht, usw.usw... ich kann ihn verstehen, entschuldige mich, was soll ich sagen...

Jetzt geht der Rabatz doch tatsächlich im Garten weiter. Fratz legt auch noch eine Oktave dazu, sein Geheul ist herzerweichend. Draußen ist es urplötzlich totenstill, erschrocken stürze ich in den hellerleuchteten Garten, wo sind denn bloß die Hunde? Hektisch schaue ich mich um. Nichts zu sehen. *Das gibt es doch nicht*, denke ich panisch, *sooo groß ist min Garten auch nicht und zudem eingezäunt, also die können gar nicht verschwinden! Andererseits, Fratz hat es auch hinein geschafft* ... doch dann entdecke ich Igor und Igarka und mir fällt ein Stein vom Herzen. Gott sei gedankt, der Rüde hat endlich seine Pflicht erfüllt und meine Schönheit doch noch erobert.

Ich räume das Wohnzimmer auf, warte auf die Eltern in spe, so ein Deckakt kann bis zu 20 Minuten dauern, dann fällt mir Fratz ein. Der hat seinen Protest aufgegeben und als ich sein Gefängnis öffne, sitzt er in der hintersten Ecke und schaut mich vorwurfsvoll an. Ich leine ihn an und komme endlich dazu, sein Herrchen anzurufen. Alex meldet sich erst beim sechsten Klingeln, verspricht aber, seinen Ausreißer sofort abzuholen.

Zwischenzeitlich sind Igor und Igarka aus dem Garten herein gekommen. Gemeinsam trinken sie die Wasserschüssel leer und legen sich beide auf dasselbe Sofa. Unter Fratz' enttäuschten Blicken seufzt Igarka, streckt ihre Schnauze auf dem Rücken des Rüden aus und schläft ein.

Mir tut der kleine Kerl leid, fast kann ich sein Herz brechen hören. Er winselt ein bisschen und ich nehme ihn mit in die Küche. Auch hier räume ich auf, entsorge die Reste der Teekanne und setze Wasser auf den Herd. Es ist mittlerweile drei Uhr und ich glaube nicht, dass ich nach der ganzen Aufregung noch Schlaf finden werde. Irgendwo muss ich doch noch eine Teekanne haben, na, egal, der Maßkrug tut es auch.

Fratz beobachtet mich und springt elektrisiert auf, als es an der Haustür schellt. Ich erwische ihn am Halsband und öffne die Tür. Da steht, in einen viel zu großen Trenchcoat gewickelt, die wohl hinreißendste Frau, die ich je gesehen habe. Sprachlos starre ich sie an. Sie ist völlig ungeschminkt, mit zerzausten Haaren, aber von solch ursprünglicher Schönheit, dass ich völlig vergesse, sie zu fragen, wie ich ihr helfen kann. Fratz hingegen springt sie an, wedelt um ihre Beine und freut sich ganz offensichtlich, sie zu sehen.

„Hallo, ich bin Alex, kann ich meinen Racker gleich mitnehmen?"

„Ääääh..."

„Sie sind Frank Jordan, richtig?"

„Ääääh..."

„Hat Racker etwas angestellt?"

„Wer?"

„Racker, mein Hund, deswegen haben Sie doch angerufen, oder?"

Sie zeigt auf Fratz und langsam beginne ich, zu verstehen.

„Kommen Sie doch bitte herein, ich habe gerade eine Kanne Tee gemacht, möchten Sie eine Tasse? Also ich kann heute nicht mehr schlafen ... ich muss Ihnen die ganze Geschichte erzählen ... was für eine Geschichte, Mensch, das glaubt mir ja keiner ... bitte ... kommen Sie herein!"

Alex tritt über meine Schwelle ... in mein Leben ... und heute noch bin ich dem kleinen Fratz dankbar für seine Verehrung meiner Igarka ... denn ohne seine Hartnäckigkeit ... wer weiß...

# Martha

Martha seufzt und nimmt die schweren Einkaufstüten aus dem Kofferraum. Die drückende Schwüle packt sie nach dem temperierten Innenraum des Autos wie eine starke Hand im Genick und presst alle Energie aus ihrem Körper. Sie beschließt, die Getränkekisten im Auto zu lassen und trägt die Tüten den kurzen Weg zur Eingangstür ihres Einfamilienhauses. Martha stellt sie ab, wischt sich den Schweiß von der Stirn und kramt in ihrer Tasche nach dem Haustürschlüssel. Gleichzeitig betätigt sie die Fernbedienung des Wagens, und der silberne Lexus antwortet mit zweimaligem Blinken. Sie stößt die Türe auf und tritt erleichtert über die Schwelle in die relative Kühle des Flures

Im Flur herrscht ein Halbdunkel, das ihr nach der gleißenden Helle der Straße wie eine Höhle vorkommt. Im offenen Durchgang zum Wohnzimmer sieht sie Othello, der ihr, mit dem ganzen Körper wedelnd und freudig hechelnd, entgegenkommt.

Ein seltsamer Geruch fällt ihr sofort auf, als sich der große Rüde nähert. Schal, flach, wie altes Eisen, sie kann es nicht einordnen. Hat der Hund sich möglicherweise übergeben, und sie steht kurz davor, in eine unappetitliche Lache zu treten? Entschlossen stellt sie die Tüten ab und greift nach dem Lichtschalter. Othello sitzt auf halbem Weg zwischen ihr und dem Durchgang, und was ihr sofort auffällt, das sind seine blutverschmierten Pfoten. Kreuz und quer durch den Flur haben sie Abdrücke hinterlassen, noch ganz frisch und verschmiert. Nicht verstehend schaut sie dem Tier ins Gesicht. Die Zunge hängt halb heraus, und sie kann rote Zähne erkennen, der Brustkorb glänzt feucht und rötlich im Schein der Deckenlampe.

Der Rüde steht auf und kommt freudig näher, um sie zu begrüßen. *Das Blut...! Wo kommt denn das ganze Blut her?* Der Hund scheint unverletzt. Er setzt sich vor sie und schaut sie erwartungsvoll an. Ein Gedanke zuckt ihr durch das Bewusstsein, klar, hell und unendlich schmerzvoll. *Mats!*

Mit zwei schnellen Schritten ist sie im Durchgang zum Wohnzimmer, dort wo sie vor ihrer Einkaufsfahrt den kleinen Mats in seinem Laufstall friedlich schlafend zurück gelassen hat. In diesen zwei Schritten schießen ihr unendlich viele Gedanken durch den Kopf.

"Ein Dobermann und ein Kleinkind, das kann nicht gut gehen..." Freunde haben immer gute Ratschläge parat. "Schatz, wollen wir nicht lieber einen kleineren Hund..." "Martha, Kind, wie kannst du nur, ein solches Riesenvieh..." "Also ich würde ja..." Doch sie hatte zu Othello gestanden, ihrem treuen Begleiter der letzten zehn Jahre, den konnte sie doch nicht so einfach, auch wenn jetzt Mats...

Aber der Hund war immer freundlich und geduldig mit dem Baby gewesen, es hatte nie Anlass zur Besorgnis gegeben, er hatte sich nie beschwert, wenn kleine Hände ihm in Augen und Ohren herum wuselten, wenn unbeholfene Finger ihn die die Seiten piekten oder gar in seine Nase rutschten. Wenn es ihm zu viel wurde, dann stand er einfach auf und flüchtete, verfolgt von Mats, der ihm hinterher krabbelte und rief: „Tello, Tello, komm!" Konnte es sein, dass jetzt...?

Die blutige Spur führt sie geradewegs zum Laufstall, die hellen Holzstäbe sind blutverschmiert, auf dem sandfarbenen Teppich Abdrücke von Othellos Pfoten. Eine helle Blutspur zieht sich quer durch den Laufstall, der Junge liegt auf dem Bauch, das Gesicht von ihr abgewandt, der Hinterkopf dicht an den Stäben. Er rührt sich nicht. Auch auf seinem hellen Flaum sind Blutspuren, fast sieht es so aus, als habe der Hund den Kopf abgeleckt und dabei das Blut noch weiter verschmiert.

Sie steht still. Sie wagt es nicht, das Kind zu berühren, aus Angst, was sie sehen wird. Langsam weicht sie zurück. Sie stößt mit dem Rücken an den Kamin, diesen großen, gemauerten Kamin, der diesem ihrem so wunderschönen Wohnzimmer immer einen so heimeligen Unterton verliehen hat.

Martha erwacht aus ihrer Starre. Mit einem Aufschrei, in dem Wut, Schmerz und abgrundtiefe Enttäuschung zu hören sind, greift sie nach dem schweren, eisernen Schürhaken, mit beiden Händen hebt sie ihn hoch über ihren Kopf und lässt ihn schreiend, weinend, schluchzend auf den Kopf den Rüden niedersausen.

"Was hast du getan! Was hast du getan?" Der Hund schreit, versucht, ihren wütenden Schlägen auszuweichen, sein Blick voller Unverständnis. "Was hast du getan! Was hast du getan?" Der nächste Schlag trifft sein Rückgrat, und er fällt gelähmt auf die Seite.

"Was hast du getan! Was hast du getan?" Sein schmerzhaftes Jaulen vermischt sich mit ihren Schreien, wieder und wieder schlägt sie auf den Hund ein, auch als er schon regungslos auf dem Teppich liegt und seine Läufe nur noch hilflos zucken. Schwer atmend hält sie inne, Tränen und Blutspritzer auf dem Gesicht.

Ein Blick in den Laufstall zeigt ihr, dass der Junge sich bewegt hat. *Oh, Gott, einen Krankenwagen, einen Krankenwagen, wo ist das Telefon?* Panisch schaut sie sich um, heute Morgen hatte sie es noch, wo hat sie es nur hingelegt, wo... wo nur? *Ich weiß, ... in der Küche, ich habe in der Küche telefoniert, heute Morgen, als ich Mats seine Morgenmilch...*

Mit einem Aufschrei springt sie über den Hund, der nun den Durchgang zum Flur blockiert, rutscht fast in der Blutlache aus und rennt zur Küche. Die hintere Tür steht offen. Das mittlere Fenster ist eingeschlagen. Glassplitter liegen auf dem Fensterbrett, auf dem Boden. Auf den Fliesen ist noch mehr Blut.

Kurz hinter der offenen Tür liegt eine Gestalt. Den Telefonhörer in der Hand tritt Martha vorsichtig durch den glitschigen Bodenbelag, schaut verständnislos auf den Mann. Dunkle Kapuzenjacke, weiße Trainingsschuhe, zerrissene Jeans – ausgestreckt liegt er da, eine Hand auf dem Rasen, die andere wirkungslos auf eine immer noch blutende Wunde auf seinem Oberschenkel gepresst, groß, tief und wie von einem wütenden Tier in das Bein gerissen. Seine Augen sind glasig und trübe. In der ausgestreckten Hand hält er einige große Geldscheine, zwei Goldketten, mehrere Ringe liegen daneben. Sie erkennt den großen Saphirring ihrer Mutter, ihren Verlobungsring, zwei Perlenohrringe, die sie von Klaus zur Geburt ihres Sohnes bekommen hat.

Aus dem Wohnzimmer hört sie Geräusche, eilig rennt sie zurück. In seinem Laufstall steht Mats, wohlbehalten, mit verschlafenen, verängstigten Augen, das Gesicht zu einem beginnenden Weinen verzogen, die kleinen, wunderbaren und völlig unversehrten Händchen nach dem Hundeleichnam ausgestreckt.

"Mama? Mama? Tello Aua??"

# Der Beschützer (Martha2)

Sie erwacht mit einem Ruck und liegt starr da. Es ist heiß im Zimmer, kein Lufthauch weht. Auch vom geöffneten Fenster kommt keine Linderung. Martha schiebt die Decke zurück und hofft auf ein wenig Abkühlung, doch die seit Tagen anhaltende Hitzewelle setzt sich sogar in der Dunkelheit fort.

*Ist er schon da?*

Angestrengt lauscht sie in die Dunkelheit, doch sie hört nur den leisen Atem ihres Mannes auf der anderen Bettseite. Doch... jetzt... klack-klack-klack. Krallen auf den Fliesen der Küche. Klack-klack-klack. Nun etwas dumpfer auf dem Holzboden des Flurs. Dann ganz leise auf den teppichbezogenen Treppenstufen. Klack-klack-klack. Ein kurzes Verharren vor ihrer Schlafzimmertür. Klack-klack-klack. Weiter zum Kinderzimmer.

Martha zieht trotz der Hitze die Decke über den Kopf, presst den Kopf ins Kissen, sie will es nicht hören, versucht, dem Geräusch, das sie verfolgt, zu entfliehen. Es ist zwecklos. Mag es auch noch so leise sein, sie hört es jede Nacht und dann... liegt sie wach und kann nicht anders als zu lauschen.

Mit einem winzigen Kratzen öffnet sich nun die Tür zum Kinderzimmer und sie *fühlt* wie Er sich durch den Spalt schiebt und kurz vor dem schlafenden Kind stehen bleibt. Er dreht sich einige Male auf dem Teppich vor dem Kinderbett, sie hört die großen Pfoten auf dem dünnen Teppich, dann gleitet er mit einem Seufzen darauf und streckt sich lang aus. Sie weiß, dass sich die Hand des Zweijährigen nun aus dem Bett schiebt und, ohne aufzuwachen, nach dem Fell tastet. Dann greift er nach der dünnen Halskette mit dem eingravierten Namen. Die Kette, die er morgens noch umklammert. Die Kette, die sie ihm schon so viele Male wieder fort genommen hat. Und die er morgens nach jedem nächtlichen Besuch wieder in seinen kleinen Händen hält.

Wie so oft, ist sie von schier unsäglichem Verlangen erfüllt, hinüber zu gehen und das friedliche Bild in sich aufzunehmen. Wie so oft, weiß sie aber auch, dass sie es nicht tun wird, denn die Wahrheit kann sie nicht ertragen. Wieder überwältigen sie ihre Schuldgefühle und mit tränennassen Wangen schläft sie ein.

Der Morgen bringt keine Abkühlung. Martha überlegt, ob sie mit Mats ins Schwimmbad fahren soll, aber der Gedanke an die Fahrt im überhitzten Auto, einen quengelnden Jungen auf dem Rücksitz und die Massen von schwitzenden Körpern im lauwarmen, chlorhaltigen Wasser bringt sie davon ab. Nach einem trägen und lustlosen Mittagessen, es gibt nur Salat und Eiscreme, bringt sie den Jungen in sein Zimmer. Hier halten die Jalousien die schlimmste Hitze ab und die Klimaanlage erledigt alles Weitere. Nach einigen Minuten schläft das Kind ein.

Martha geht in den Garten und schiebt ihre Liege in den entferntesten Winkel unter die Bäume, dort, wo ein wohltuender Schatten ein klein wenig Linderung verspricht.

*Nur ein Stündchen, nur ein kleines Stündchen, nur ein bisschen hier liegen und an nichts denken, an gar nichts, nicht an die durchwachten Nächte, nicht an Othello, vielleicht lese ich ein bisschen... oder auch nicht.* Die Müdigkeit überkommt sie und sie schläft ein.

*

Sie erwacht zu einem ohrenbetäubenden Krach. Vor ihrem Haus bremst mit quietschenden Reifen ein Feuerwehrwagen, dahinter noch einer mit Blaulicht auf dem Dach. Aus den umliegenden Häusern rennen die Nachbarn auf die Straße. Männer in voller Feuerwehrmontur schreien Befehle, mit lautem Klappern werden Türen an den Autos auf und zu geworfen. Zwei Polizeiwagen sperren die Straße ab und mehrere Polizisten laufen eilig durch den Garten. Einer der Nachbarn, Martha glaubt, es ist der nette Herr Fleischer, ruft aufgeregt: „Da ist sie, da ist sie, da hinten!", und zeigt auf Martha, die wie gelähmt dem Treiben aus ihrer Liege heraus zuschaut. Sie kommt sich vor, wie in einem Film, alles ist so unwirklich, grelle Farben, grelle Geräusche, alles erscheint viel zu bunt, zu hell, zu... heiß?

Da haben die Polizisten sie erreicht, heben sie hoch und tragen sie zur Straße. Dabei redet der eine Polizist auf sie ein.

„Ist noch jemand im Haus? Hallo, hören Sie mich, ist da noch jemand im Haus?" - „Was, wieso?"

Doch an der Straße angekommen, sieht sie den Grund für die Fragen. Dicke Rauchwolken wälzen sich aus den Erdgeschossfenstern, dunkel und träge, dahinter ist ein Ahnen von mehr Hitze und lautes Prasseln und Knacken dringt an ihre Ohren.

„Mein ... Sohn!", krächzt sie fast unhörbar. „Mein Sohn ... ist da drinnen!"

„Wo ist sein Zimmer? Wie alt ist er?" Mit tonloser Stimme beschreibt sie den Weg zu Mats' Zimmer und sogleich rennen zwei Feuerwehrleute durch den Rauch. Sie verschwinden durch die geöffnete Eingangstür. Ein dritter Feuerwehrmann packt sie am Arm.

„Kommen Sie ein Stück weiter hier lang, wir können hier nichts...!"

Da kommt aus ihrer Kehle ein Laut, der sie selber überrascht. Kaum erkennt sie, dass sie es war, die ihn ausgestoßen hat. Doch mit einem Schlag begreift sie, was gerade passiert, begreift es erst jetzt und ist nun, endlich, hellwach. Sie will sich aus der Umklammerung befreien, doch der Griff ist zu stark.

„Nein!" schreit sie und ihre Stimme überschlägt sich vor Verzweiflung. „Nein, nein, nein!"

„Sie können da nicht hinein, so nehmen Sie doch Vernunft an!"

Die Worte des Feuerwehrmannes dringen nicht zu ihr durch.

„Mats, Mats! Mein Sohn, da drinnen... lassen Sie mich... ich muss doch...!"

Die Flammen schlagen nun aus allen Fenstern des Erdgeschosses und die Hitze ist unerträglich. Fast glaubt sie, dass ihre Gesichtshaut schon Blasen wirft, aber Mats, da drinnen... Maaaats!" Der uniformierte Mann mit dem Helm hält sie noch fester.

„Meine Kollegen versuchen... so beruhigen Sie sich doch... es wird alles versucht... bitte, bleiben Sie ruhig, Sie können da nicht hinein!"

In ihrer Verzweiflung gehorcht sie. Aber doch hängen ihre Augen gebannt an der Eingangstür, hofft wider aller Vernunft, dass dort die Retter mit ihrem Sohn auftauchen sollen, wünscht es, hofft es, will es erzwingen. Jedoch nur Flammen und Rauch quellen aus der offenen Tür.

Dann zieht eine unsichtbare Macht ihren Blick nach oben. Dort wüten noch keine Flammen, nur schwarzer Rauch quillt aus den Fenstern, dick und träge. Er wird von der aufsteigenden Hitze aus dem Erdgeschoss nach oben in den Sommerhimmel gerissen. Doch dann weicht der Rauch zurück und in der leeren Fensterhöhle sieht Martha ihren Sohn. Er sitzt auf einem dunklen Schatten mit hellen Augen und gebleckten Zähnen. Der große Hund steht auf der Fensterbank und blickt ihr direkt in die Augen. Sie kann ihn sehen, deutlich sehen, das erste Mal seit jenem Tag.

*Ich bin schon wieder hier, um deinen Sohn zu retten. Wo bist du, wenn er Hilfe braucht?*

Diese Gedanken streifen ihr Bewusstsein wie ein Hauch. Gebannt starrt sie nach oben und die Zeit steht still.

*Klack-klack-klack... jede Nacht während du schläfst, passe ich auf ihn auf...*

Der Lärm, die Hektik, die Leute um sie herum versinken in einem Nebel.

*Selbst der Tod kann mich nicht davon abhalten, ihn zu behüten...*

Die stille Sekunde dauert an und der Hund entlässt ihren Blick nicht aus seinem Bann.

*Ich habe ihn immer nur beschützt, wie konntest du daran zweifeln?*

Wie ein Streitross steht er da, gelassen, ruhig, kraftvoll und beherrschend.

*Meine Halskette ist sein Talisman, begreifst du das endlich?*

Mats, ihr Mats, sitzt aufrecht auf seinem geraden Rücken und hält sich an dem starken Hals fest. Sie kann die silberne Halskette an dem dunklen Fell von hier aus sehen.

Sie wagt nicht, sich zu rühren, wagt es nicht, diesen Moment zu unterbrechen. In dieser einzigen Sekunde der Unendlichkeit durchlebt sie viele hundert Male ihre Schuld. Damals, vor genau einem Jahr, als sie geglaubt hatte, dass Othello ihren Sohn... doch als sie ihren Irrtum bemerkt hatte, war es zu spät, viel zu spät... Mats, der inmitten des Blutes völlig unversehrt die Hände nach dem Kadaver des Hundes ausgestreckt und gerufen hatte: „Mama, Tello, Aua?"

Sie sinkt auf die Knie und streckt die Hände nach ihrem Kind aus.

*Es tut mir leid, es tut mir leid, bitte... bitte, verzeih mir, bitte, verzeih mir!*

Alle anderen Augen sind auf die lodernden Flammen gerichtet, nur sie... schaut nach oben... und Othello springt. In einer einzigen, geschmeidigen Bewegung, ohne wahrnehmbare Kraftanstrengung, verlassen seine Pfoten das Fensterbrett, schwebt der große Körper sekundenlang in der rauchgeschwängerten Luft und landet weich auf dem vertrockneten Rasenstück zwischen Haus und Bürgersteig. Schwarzer Rauch folgt ihm wie ein Schleier, verhüllt ihn, verschmilzt mit ihm und eine Sekunde später rollt Mats  vor ihre Füße, die kleinen Händchen fest um die silberne Kette geballt, während der dunkle Schatten des Hundes im Sommerwind verweht. Nur Mats bleibt, Mats, der sich jetzt erhebt, seine Mutter anstrahlt, ihr die Kette hinstreckt und mit atemloser Stimme flüstert: „Mama, schau, Tello fliegt!"

# Mats (Martha 3)

Martha schiebt den Teller mit den bunten Frühstücksflocken vor Mats und füllt sein Kakaoglas auf.

„Mats, wollen wir heute zum Bauernhof fahren, um die Welpen anzuschauen?"

Mats zuckt mit den Schultern. Sein blonder Schopf beugt sich etwas mehr über den Teller.

„Wir haben doch darüber gesprochen, erinnerst du dich? Wir wollten dir einen Hund kaufen, bevor du in die Schule kommst?"

„Ich habe einen Hund, Mama! Und Othello wird sich nicht freuen, wenn noch einer ins Haus kommt!"

Martha seufzt. Seit sie in diesem neuen Haus wohnen, beharrt Mats darauf, dass Othello immer bei ihm ist. Wie oft hatte sie versucht, ihm zu erklären, dass er sich das nur einbildete. Denn sie hat ihn seit dem Brand nicht mehr gesehen und sie ist überzeugt, dass auch Mats sich seine Anwesenheit nur einbildet. Der Sechsjährige schaut seine Mutter prüfend an.

„Oder weißt du nicht, dass Othello immer bei mir ist? Schau, die Kette, so lange ich sie trage, ist Othello bei mir!" Er zeigt auf die silberne Halskette mit dem eingravierten Namen des Rüden, die abzulegen er sich seit Jahren standhaft weigert.

„Ich weiß, Mats, aber ich dachte halt, dass ein richtiger Hund ..."

„Mama! Sag das nicht, sag das nicht! Othello ist ein richtiger Hund, nur weil du ihn nicht sehen kannst, ist er trotzdem da!"

Martha hatte gehofft, dass ein Welpe, ein richtiger, atmender und LEBENDIGER Welpe, das Schattenwesen Othello ersetzen konnte. Aber wenn Mats nicht mitspielt ...

„Wir können sie uns doch wenigstens mal anschauen, oder?"

Mats zuckt wieder mit den Schultern.

„Na gut, wenn du willst!"

*

Sie stehen vor der geöffneten Pferdebox und Martha kann an seinem steifen Rücken erkennen, dass er von den herumwuselnden kaffeebraunen, mokkafarbigen und schwarzen Welpen nicht beeindruckt ist. Martha möchte am liebsten alle mitnehmen. Sie kann sich nicht sattsehen an den kleinen Kerlen. Die Hündin, eine kniehohe, schwarze Mischlingsdame mit halblangem Fell, sitzt in einer Ecke der strohgefüllten Box und hechelt. An ihr saugen, mit heftigen, stoßenden Bewegungen, drei der insgesamt acht jungen Hunde. Der Bauer steht neben Martha und meint:

„Die Jungen müssen jetzt fort, sie sind groß genug und können schon alleine fressen. Aber so lange sie bei der Mutter sind, wollen sie immer wieder säugen. Und sie hat fast keine Milch mehr. Schau mal", sagt er zu Mats und zeigt auf einen der kleinen Racker, „das ist doch ein süßer Hund, magst du den?"

Doch Mats schüttelt nur den Kopf. Der besagte Welpe nähert sich vorsichtig und schnüffelt an Mats Hand. Er ist dunkelbraun ohne Zeichnungen und die wachen Augen mustern den Jungen. Plötzlich merkt Martha, wie sich in dem Kind etwas verändert. Er starrt in die Ecke hinter der Hündin. Dort wird ein weiterer Welpe sichtbar. Sein kleines Gesicht ist neben dem Fell seiner Mutter kaum zu erkennen. Denn es ist rabenschwarz.

„Da ist ja noch einer!", bemerkt Martha.

„Ach ja, das ist Junior. Der letzte und kleinste Welpe. Wir dachten schon, er würde nicht überleben, so klein war er, aber dann hat er sich doch noch einen Platz an den Zitzen erkämpft und ist ganz erstaunlich gewachsen. Allerdings hat er keine Rute und auch die Ohren sind etwas seltsam."

Der Bauer greift hinter die Hündin und hebt das kleine Wesen hoch. Martha muss einen Schreckensschrei unterdrücken, während Mats seine Hände mit leuchtenden Augen nach dem Hund ausstreckt. Denn der schwarze Welpe trägt auf  drei Pfoten dieselben cremefarbenen Zeichnungen, die auch Othello hatte. Und wie er hat er kleine, sehr spitze Ohren und so gut wie keine Rute. Ein winziges Stummelchen nur. Sein Fell ist kurz, im Gegensatz zu seinen Geschwistern wirkt er wie eine gänzlich andere Rasse. Martha ist sprachlos. Dieser Winzling ist das perfekte Abbild Othellos. Wenn sie es nicht besser wüsste …

„Mama, den nehmen wir."

Die Stimme ihres Sohnes holt sie aus ihren Gedanken. Es besteht keine Frage mehr: Diesen oder keinen! Der Hund schaut sie an und sie schaut ihn an. Ein Schauder läuft ihr über den Rücken. Seine Augen … dann streckt sich der kleine

Körper, er gähnt herzhaft, zeigt winzige, spitze Zähne, eine hellrosa Zunge und plötzlich ist der Bann gebrochen.

*

Der kleine Rüde sitzt neben Mats auf dem Rücksitz und schaut aufgeregt zu seinem neuen Herrchen auf. Mats bewundert das neue Geschirr, die dunkelblaue Lederleine und das Körbchen mit den Spielsachen. Vorsichtig streichelt er über den Kopf und flüstert: „Du musst dich aber mit Othello verstehen, nicht wahr, du wirst sein Freund?" Die kleine Zunge wischt blitzschnell über seine Nase und er kichert. Martha biegt in die Einfahrt und stoppt den Motor.

„So, kleiner Mann, wir sind da. Das ist jetzt dein neues Zuhause! Mats, wie soll er denn heißen?"

„Da muss ich erst Othello fragen!" erwidert ihr Sohn und klettert aus dem Auto.

„Aber …!" Doch Mats ist, mit dem Welpen auf dem Arm, schon im Haus verschwunden. Martha hört, wie er geräuschvoll die Treppe hochläuft und dann das Zuschlagen seiner Zimmertür.

*

Martha sinniert über diesen seltsamen Zufall. *Der Welpe*, denkt sie, *wie ungewöhnlich, dass er die gleichen Zeichnungen hat wie Othello. Und dass er so ganz anders aussieht als seine Wurfgeschwister. Obwohl, natürlich, bei Mischlingshunden ist es ja oft so, dass sie ganz unterschiedlich ausfallen können. Da weiß man ja nie, was alles drinsteckt. Trotzdem, so plötzlich wie Mats auf den Welpen angesprungen ist, und vorher wollte er gar keinen „neuen" Hund. Und jetzt muss er seinen imaginären Beschützer Othello fragen, wie der neue Hund heißen soll. Und die Sache damals bei dem Brand, ob er da wirklich …? Nein, wohl eher nicht. Mats ist aus dem Fenster gefallen und wundersamer Weise nicht verletzt worden. Das war und ist die offizielle Version, Punkt. Und doch … und doch …*

Mit geräuschvollen Sprüngen kommt Mats die Treppe herunter und steht plötzlich im Türrahmen zur Küche. Martha lächelt ihn an. Er hat den Welpen auf dem Arm, der sich windet und ein bisschen jammert.

„Was hat er denn? Drückst du vielleicht zu fest?"

Martha will ihm den Hund abnehmen, aber Mats hält ihn fest.

„Nein, er muss mal. Wo ist das Geschirr und die Leine?"

„Im Flur. Aber woher weißt du …?"

„Na, er hat es mir gesagt!"

60

Damit kniet er sich hin und schiebt dem Hündchen das blaue Geschirr über den Kopf.

„Wir gehen in den Garten!", verkündet er und marschiert hinaus. Der Welpe springt neben ihm auf und ab und beißt spielerisch in die Leine. Martha folgt ihnen und sieht, dass der Hund mitten auf der Einfahrt stehen geblieben ist, um ein winziges Bächlein über die Steinplatten zu schicken.

„Uii, das war aber dringend!", sagt Mats. Der Hund bellt, ein hohes, quietschendes Bellen, das verrät, dass er noch üben muss, bis es zu einem wirklichen Bellen herangewachsen ist. Martha verkneift sich jede Bemerkung und fragt stattdessen:

„Hat er denn nun einen Namen?"

„Oh, ja, er heißt Merlin!"

„Da hast du dir aber einen schönen Namen ausgedacht, das gefällt mir!"

Mats sieht sie ein wenig ungehalten an. „Das habe ich mir nicht ausgedacht, er heißt so!"

„Aha, und woher weißt du das?"

Ein langer, ungeduldiger Blick aus den blauen Augen ihres Sohnes, dann sagt er betont langsam, so, als würde er zu einem recht unterbelichteten Individuum sprechen.

„Er hat es mir gesagt, Mama, woher soll ich es denn sonst wissen?"

„So wie er dir gesagt hat, dass er raus muss?"

„Genau! Und jetzt hat er Pipi gemacht und wir können wieder rein."

Damit geht er die Stufen wieder hoch und Martha folgt ihm kopfschüttelnd.

\*

Morgen ist der erste Schultag. Martha steht am Küchenfenster und beobachtet ihren Sohn und den Hund. Sie spielen ausgelassen im Garten und die späte Nachmittagssonne wirft lange Schatten auf den Rasen. Merlin ist ganz schön gewachsen, er reicht Mats bis an den Bauch. Wenn sie überlegt, wie winzig er noch vor einigen Monaten war, als er zu ihnen kam! Und jetzt sieht er aus wie ein etwas zu klein geratener Dobermann, ja, wirklich, und so gar nicht wie seine Mutter, die schwarze Mischlingshündin vom Bauernhof. Was Martha überraschte, war die enge Verbundenheit von Kind und Hund. Von Anfang an war es Mats' Hund, auf ihn hörte er kompromisslos, ohne Ausnahme. Wenn Martha etwas zu ihm sagte, dann schaute der Rüde erst den Jungen an und wenn

Mats zustimmend nickte, dann ließ er sich dazu herab, auch ihren Kommandos zu folgen. *Seltsam, denkt sie, wie sich zwei so unterschiedliche Wesen von einem Moment auf den anderen so intensiv aufeinander einlassen können. Nun ja, wenigstens hat er jetzt einen Hund, den ich auch sehen kann! Jetzt braucht er sich keinen mehr einzubilden, dieser Hund ist lebendig und ATMET!*

Erleichtert wendet sie sich ab und bereitet das Abendessen zu. Merlins Futterschüssel ist wieder mal leer und sie schüttet einige Kekse hinein. Da poltert es an der Tür und Sekunden später stürmen Mats und Merlin durch die Tür.

„Halt, halt, gehst du wohl erst Hände waschen?! Dann gibt's Abendessen, marsch, marsch!", ruft sie ihm zu und er eilt wieder hinaus. Merlin stürzt sich auf seine Wasserschüssel und hat auch seine Kekse in Windeseile verspeist. Dann lässt er sich mit einem Seufzer unter dem Tisch nieder.

Mats kommt wieder, seine Haare sind noch feucht vom Schweiß und er trocknet sich die Hände an seinen Shorts ab. Er ist aufgeregt, wie meistens in den letzten Tagen. Die bevorstehende Einschulung ist für ihn ein einziges, großes Abenteuer und er kann gar nicht erwarten, dass es endlich beginnt. *Wahrscheinlich wird er in dieser kommenden Nacht wenig schlafen,* denkt Martha und schiebt ihm eine großzügige Portion Pommes auf den Teller. Dabei bemerkt sie, dass etwas anders ist. An Mats hat sich etwas verändert, was ist es nur? Sie schaut ihn prüfend an, nein, alles wie immer. Oder doch nicht? Plötzlich erkennt sie es.

„Mats, wo ist denn deine Kette?"

Automatisch fährt seine Hand an den Hals.

„Ach so, die brauche ich nicht mehr. Merlin trägt sie jetzt!", entgegnet er. Martha bückt sich und schaut unter den Tisch. Richtig, die silberne Halskette, die Othello gehört hatte, liegt um Merlins muskulösen Hals. Sie streckt die Hand danach aus und erschrickt, als sie die gravierte Inschrift liest: „MERLIN" steht darauf.

# *Blanko*

Verwirrt starre ich auf meine Tastatur. Die schön formulierten Sätze, die interessanten Redewendungen, die mir während meines Spazierganges so leicht eingefallen waren, sind weg … nichts mehr da. Die Buchstaben ergeben keinen Sinn und ich habe keine Ahnung, wie ich beginnen soll. Ich mustere den weißen Bildschirm. Anklagend blinkt der winzige Cursor in der linken Ecke. Er scheint mich zu verhöhnen, scheint mir zuzurufen: *Haha … ätschebätsch …*

Ich blicke zu dem Stapel jungfräulichen, weißen Papiers hinüber, der abwartend in der Schublade des Druckers verharrt. In seiner Bewegungslosigkeit ist das Papier beinahe noch verletzender als der blinkende Cursor. Man sagt doch, Papier sei geduldig. Nun, mein Stapel ist auch geduldig, verletzend geduldig.

Probeweise versuche ich einige Anschläge. „Anfang" steht da, in Druckbuchstaben mitten auf diesem weißen Bildschirm. Eigentlich könnte ich auch gleich „Ende" daneben schreiben, denn dazwischen fällt mir absolut nichts ein. Plötzlich kommt Bewegung in die schwarzen Zeichen. War ich das? Nein, meine unfähigen Hände ruhen neben der Tastatur. Und doch … die Buchstaben wackeln, drehen sich und mit einem Male rennen sie kollektiv nach rechts. Eine Sekunde später ist der Bildschirm so weiß wie vorher. Noch einmal versuche ich es. Diesmal schreibe ich:

„Was passiert hier?"

Wieder ist Ruhe, dann erneut: Wackeln, Drehen, Wegrennen. Weißer Bildschirm. Doch jetzt, ohne mein Zutun, erscheinen neue Buchstaben:

„Ich."

Diesmal bleiben die Zeichen an ihrem Platz.

„Wer bist du?", tippe ich.

„Ich. Bin. Ich."

„Hast du einen Namen?"

„Nein."

Ich lehne mich zurück und überlege ernsthaft, ob ich gerade dabei bin, den Verstand zu verlieren. Hat sich jemand in meinen Rechner gehackt? Oder habe ich unbewusst ein verborgenes Programm aktiviert? Computer sind seltsame

Geschöpfe und manchmal tun sie Sachen, die ich nicht verstehe. Wie zum Beispiel Fotos oder Dateien in mir unbekannte Ordner zu verschieben, Dateinamen so zu verändern, dass ich sie nicht mehr wiederfinde oder die verschwundenen Ordner plötzlich wieder auftauchen zu lassen. Aber mit mir kommuniziert hat noch keiner.

Der Drucker springt an und die gerade am Bildschirm geführte Konversation erscheint auf dem weißen Papier. Darunter hat, wer auch immer, einen riesigen Smiley gedruckt, drucken lassen, und als ich auf den Bildschirm schaue, ist er so weiß und rein wie vorher. Der Cursor blinkt wieder erwartungsvoll.

Ich hole mir erst einmal etwas zu trinken. Mein Mund ist plötzlich knochentrocken und ich kann meinen Herzschlag bis in die Ohren fühlen. Am Kühlschrank merke ich, wie meine Hand zittert. Dann tapse ich zurück zu dem weißen Bildschirm. Ich strecke meine Hand zum Aus-Schalter am Rechner, als der Bildschirm wieder anspringt und neue Zeichen erscheinen.

„Nicht."

Ich erstarre in der Bewegung.

„Lass. Mich."

Bewegungslos sitze ich da und versuche zu begreifen.

„Danke."

Dann rennen die Buchstaben fort und der Monitor ist wieder weiß. Jetzt blinkt der Cursor in einer Herzform, die ich vorher noch nie gesehen habe. Probehalber bewege ich ihn, er verändert zwar seine Position, aber nicht seine Form. Der Drucker meldet sich wieder und er druckt mir ein großes, rotes Herz auf dem weißen Papier aus.

Jetzt reicht es mir. Ich springe vom Stuhl auf und verlasse fluchtartig das Zimmer, das Haus. Irgendwie ist mir sehr mulmig zu Mute.

Draußen werde ich sofort ruhiger. Vielleicht hatte ich eine Halluzination oder so etwas. Ich setze mich auf die Gartenbank und betrachte die hoch aufgetürmten Wolken, die schneeweiß und majestätisch am azurblauen Himmel vorüber ziehen. Die Sonne scheint und im nahen Baum zwitschern einige Blaumeisen ihr Lied. Ab und zu höre ich aus der Ferne Kindergeschrei. Ein Rasenmäher wird in der Nachbarschaft malträtiert, ansonsten herrscht mittägliche Stille. Ich lehne den Kopf an die raue Außenwand meines Hauses und schließe die Augen.

Als ich sie wieder öffne, scheinen mehrere Stunden vergangen zu sein. Die Sonne steht jetzt über der Krone des Kastanienbaumes und scheint mir direkt ins Gesicht. Ein Blick auf die Armbanduhr bestätigt meine Vermutung. Fast vier Uhr nachmittags. Habe ich tatsächlich drei Stunden auf der Gartenbank geschlafen? Ich fühle mich erschöpft, so als ob mein Gehirn stundenlang gearbeitet hätte. Meine Gedanken sind träge und irgendwie bin ich noch nicht richtig wach. *Nun ja, dann werde ich mir mal einen Kaffee machen*, denke ich und erhebe mich. Ich strecke meinen steifen Rücken, dann marschiere ich entschlossen zurück ins Haus. Ich meide mein Schreibzimmer und gehe stattdessen lieber gleich in die Küche. Mit meinem Computer werde ich mich später auseinander setzen. Ich schmunzele bei dem Gedanken und denke noch: *Ja, so weit ist es gekommen, dass ich den Kasten als lebendig und streitlustig empfinde, jaja, haha!*

Erst am nächsten Tag nehme ich das Schreibzimmer wieder in Angriff. Was mir als Erstes auffällt, ist, dass der Monitor immer noch weiß ist und der Cursor blinkt. Normalerweise schalten sich Rechner und Monitor nach höchstens einer Stunde aus, soweit keine Aktion vorgenommen wird. Na ja, wahrscheinlich ist die Katze über den Schreibtisch gelaufen und hat mit der Computermaus oder auf der Tastatur gespielt. Das macht sie manchmal, wenn ich ihr nicht genügend Aufmerksamkeit schenke.

Heute bin ich voller Tatendrang und habe das nächste Kapitel schon im Kopf. An die seltsame Episode von gestern denke ich nicht mehr.

Nach fast einer Stunde habe ich die ersten vier Seiten fertig getippt und lese sie noch einmal durch. Doch, ich bin zufrieden mit mir, die Story entwickelt sich gut und auch mein Verleger wird glücklich sein. Bevor ich aufstehe, um mir einen Kaffee zu machen, will ich das Geschriebene abspeichern. Klick auf „Datei", und „Speichern". Nix passiert. Nochmal. „Herrgott, verdammter Kasten! Jetzt bloß nicht abschmieren!", entfährt es mir. Doch dann passiert es. Alle Buchstaben wackeln, drehen sich und rennen plötzlich, wie mit winzigen Beinchen ausgestattet, nach rechts vom Bildschirm. Fassungslos starre ich auf den wieder weißen Monitor und den blinkenden Cursor in der oberen, linken Ecke. Jetzt wieder in Herzchenform.

„Guten. Morgen.", steht da. Auf der übrigen Fläche erscheint ein Handabdruck. Eine Handfläche ohne Linien oder Rillen, flach, leicht gräulich, wie aus einem Stück Pappe geschnitten.

„Fass. Mich. An."

„Scheissidiotenkiste, welcher Mistkerl hat sich da reingehackt? Hör auf, hör auf!"

Aufgebracht stehe ich auf und weiche einige Schritte zurück. Am meisten ärgert mich, dass ich meine Arbeit nicht speichern konnte. Aber dann denke ich, vielleicht ist das irgendein neues Programm, das sich, weiß der Teufel wie, installiert hat und jetzt arbeitet mein PC mit Touchscreen. Also gehe ich wieder vorwärts und lege meine Handfläche auf die graue Handfläche auf dem weißen Monitor. Das heißt, ich will sie darauf legen, aber schon die kleinste Berührung jagt mir ein Kribbeln den Arm hinauf. Ich empfinde es als unangenehm, wie einen leichten Stromschlag, und ich ziehe die Hand schnell zurück. Plötzlich bin ich in Schweiß gebadet, habe wahnsinniges Herzrasen und fürchte fast, eine Panikattacke zu bekommen. Mit einem Fluch, von dem ich gar nicht wusste, dass ich ihn kannte, stürme ich aus dem Zimmer und knalle die Tür hinter mir zu. Erschöpft sinke ich auf die Gartenbank, die mir schon gestern Zuflucht gewährt hat, und berge den Kopf in beiden Händen. Da ich nicht weiß, was hier vor sich geht, kann ich auch keine Erklärung finden.

Heute ist der Himmel bedeckt. Die Wolkendecke ist ungebrochen und filtert jeden noch so vorwitzigen Sonnenstrahl. Weißlich ist der Himmel und die Farbe erinnert mich unangenehm an meinen renitenten Rechner. Doch, wenn ich es so betrachte, könnte diese weiße Unterseite der Wolkendecke durchaus identisch sein mit dem Monitor. Fast erwarte ich, oben links den Cursor zu sehen, aber trotz intensiven Suchens kann ich ihn natürlich nicht finden. Ich lache über meine Dummheit. Dann grübele ich, was ich mit dem Computer machen soll. Bestimmt habe ich einen Virus eingefangen, ganz bestimmt, oder es hat sich tatsächlich jemand in meinen PC gehackt. Man liest ja immer wieder von solchen Cyberattacken, und welch verheerende Schäden damit angerichtet werden können.

Ich habe da einen Freund, der sich mit solchen Sachen auskennt, aber der hat erst heute Abend Zeit. Nun ja, ich will ihm eine Nachricht hinterlassen, dann kommt er  sicher später vorbei. In der Zwischenzeit werde ich mir Notizen machen, 100%ig analog!, damit ich die vier Seiten, die ich so mühsam zusammengetippt hatte, vielleicht zu einem späteren Zeitpunkt wieder in den Rechner bekommen kann.

All das erledigt betrachte ich erneut die geschlossene Wolkendecke. Sie fasziniert mich und ich ertappe mich dabei, wie ich mir vorstelle, diese ganze, riesige, weiße Wolkendecke mit Zeichen und Buchstaben zu füllen. Mein kompletter Roman würde auf diese Wolkenunterseite passen, ohne Absätze, Zeilenumbrüche oder Seitenwechsel. Ich träume mich in meinen Wolkenroman, schreibe unermüdlich Zeile um Zeile. Ohne viel nachzudenken schreibe ich, immer weiter, der Cursor kommt nicht zur Ruhe, immer weiter treibe ich ihn, weiter, immer weiter. Die Worte und Sätze sprudeln nur so aus mir heraus, und die Wolkenunterseite füllt sich mit rasanter Geschwindigkeit mit meinen Phantasien. Fast bin ich beim letzten, entscheidenden Kapitel angekommen, als es heftig donnert und blitzt und ich jage erschrocken aus meinem Traum hoch. Verdammt, habe ich doch schon wieder geschlafen?! Die Wolken sind nun dunkelgrau und nirgends sind weder Cursor noch Buchstaben zu sehen, nein, wie auch. Die ersten Tropfen fallen, als ich die Tür hinter mir schließe und die vorwurfsvollen Augen meiner getigerten Katze Maja sehe, die vor ihrer leeren Futterschüssel sitzt.

„Ich sehe, du bist erwacht. Füttere mich!", sagt ihr hochnäsiger Blick und sie weicht nicht von der Stelle, bis ich die Dose mit dem Katzenfutter in die Schüssel geleert habe und sie sich gnädig dazu herab lässt, dieses auch zu verspeisen.

Draußen ergießt sich mittlerweile eine wahre Sintflut. Ich bezweifle, dass mein Bekannter sich bei diesem Regen zu mir auf den Weg macht, und beschließe, einen letzten Versuch zu wagen. Dank meinem Traum habe ich auch einige neue Ideen, die ich sofort umsetzen und „zu Papier", bzw. in den Rechner tippen will. Vielleicht kann ich ja jede Seite sofort ausdrucken, dann brauche ich nichts zu speichern. Zudem mein Monitor wieder ganz normal aussieht, auch der Cursor sieht normal aus, beruhigt denke ich: *Also gut, alles wieder im Normalzustand!*

Doch kaum sitze ich und fange an zu tippen, springen mir die Buchstaben doch erneut von der Seite, der Cursor wird wieder herzförmig und auf der weißen Seite erscheint das Wort: „Jetzt." Und auch die Handfläche ist wieder da. Wut kocht in mir hoch, weißglühend und sprunghaft.

„Verfluchter Scheißkasten!", brülle ich.

„Ruhig.", sagt der Bildschirm.

„Lass mich endlich arbeiten!"

„Fass. Mich. An."

Total entnervt lasse ich mich tatsächlich auf einen Dialog mit dem Rechner ein. Ich brülle, ohne zu bedenken, dass er mich ja vielleicht gar nicht hören kann und eventuell nur über die Tastatur mit mir kommunizieren kann. Obwohl das eine so bekloppt erscheint, wie das andere.

„Und dann lässt du mich arbeiten?"

„Ja.", kommt postwendend die Antwort.

„Na gut, na gut! Aber letztes Mal hat es gekribbelt, wie ein Stromschlag!"

„Es. Tut. Nicht. Weh."

„Ok. Ok.", seufze ich.

In Sekundenschnelle sind alle Buchstaben vom Bildschirm geflitzt und es bleibt nur die graue Handfläche. Und natürlich der herzförmige Cursor in der linken, oberen Ecke des weißen Bildschirmes.

Kaum berührt meine Handfläche den Bildschirm, durchfährt mich ein greller Blitz. Ich habe das Gefühl, als ob ich durch einen hellerleuchteten, schneeweißen Tunnel renne, schneller und immer schneller. Gleichzeitig wird mir heiß und kalt, er riecht nach heißen Elektroden und kaltem Metall. Meine Ohren dröhnen und die Luft wird mir knapp. Erschrocken blicke ich hoch und weiß im ersten Moment nicht, wo ich bin. Saß ich gerade nicht noch vor meinem Rechner und habe mit ihm gesprochen? Dann habe ich die Handfläche auf den Monitor gelegt … und dann? Über mir ist die helle, ungebrochene Wolkendecke vom Nachmittag. Weiß auf der Unterseite und ich erinnere mich, dass ich dummerweise den Cursor oben links gesucht habe. Als ob die weißen Wolken identisch sind mit dem weißen Bildschirm meines Rechners, haha! Doch das Lachen bleibt mir in der Kehle stecken, als  ich plötzlich den herzförmigen Cursor in der RECHTEN oberen Ecke der weißen Fläche, die ich für die Wolkenunterseite gehalten habe, blinken sehe. Und ich sehe noch etwas anderes. Ich sehe mein Schreibzimmer durch den weißlichen Schleier. Ich sehe meinen Sessel, ich sehe die Bücherregale und ich sehe Maja, die plötzlich vor dieser Szenerie auftaucht und mich mit verwundertem Blick anschaut.

# Erklärungsnot

## Ein Drittklässler und Weihnachten

Gestern hatten wir Religionsunterricht und der Pastor wollte uns was über Weihnachten erzählen. Weil doch heute Heilig Abend ist. Er fing also an mit Josef und Maria und wie die Maria schwanger war und eine unbefleckte Empfängnis erhalten hat. Meine Mama hat mir gesagt, wenn ich was nicht verstehe, dann soll ich nachfragen, denn es gäbe keine dummen Fragen, nur dumme Antworten und so hab ich den Pastor gefragt, was das ist. Der stotterte ein bisschen, und ich hakte nach. Ob es auch eine befleckte Empfängnis gäbe und wie die denn aussieht. Das hat der Pastor nicht beantwortet und das fand ich ziemlich blöd. Er sagte nur: "Juri, setzen!"

Dann redete er über das Christuskind und wie das nackt in der Krippe im Stall gelegen habe und dann kamen die Heiligen drei Könige aus dem Morgenland und brachten Gold, Weihrauch und Myrrhe. Was Gold ist, das weiß ich. Ich fragte, was denn Weihrauch und Myrrhe nun wieder sei und er sagte, das sind wohlriechende Kräuter. Ich meinte daraufhin, die hätten dem Christuskind lieber was zum Anziehen mitbringen sollen, denn es hätte doch sicher kalt. Alle anderen waren dick eingemummelt, nur das Kind läge da nackig, das friert doch bestimmt. Der Pastor meinte nur wieder, ich solle mich setzen.

Dann sagte er, dass es in der Klasse wohl einige gäbe, die die Grundbegriffe der Religion noch nicht verstanden hätten, und damit meinte er sicher mich. Nun würde er erst einmal von vorne anfangen. Dann redete er von Adam und Eva und wie die zwei Söhne gekriegt hätten, Kain und Abel und wie die sich vermehrt hätten. Da stand ich wieder auf und fragte: "Mit wem?" Der Pastor schaute ganz dumm und meinte, er hätte meine Frage nicht verstanden. Ich sagte: "Mit wem haben die sich vermehrt? Meine Mama hat gesagt, wenn ein Mann und eine Frau sich lieben, dann können sie Kinder bekommen, also sich vermehren wie Sie sagen, wo sind denn die Frauen von Kain und Abel? Die einzige Frau in der Geschichte ist die Mutter, haben sich denn Kain und Abel mit ihr..."

Der Pastor bekam einen knallroten Kopf, meinte mit ganz komischer Stimme etwas von Blasphemie und ich durfte den Rest der Stunde im Gang vor der Klasse verbringen. War mir auch recht, so konnte ich mit meinem Jojo weiter üben. Das mit der Blasphemie habe ich übrigens auch nicht verstanden, ich habe doch nix geblasen, habe doch nur gefragt, weil ich etwas nicht verstanden habe. Aber anscheinend hat der Pastor auch etwas nicht verstanden oder er weiß die Antwort nicht. Die Erwachsenen machen manchmal so komische Sachen, reden von etwas und wenn ich dann frage, kommt heraus, dass sie es selber nicht verstanden haben.

Nachmittags ging ich dann mit Mama einkaufen und im Supermarkt meinte sie, ich soll mich solange zu dem Weihnachtsmann setzen, der da einigen Kindern eine Geschichte erzählte. Sie müsse "was besorgen". Natürlich weiß ich, dass es das Christkind nicht gibt und dass die Geschenke von Mama, Papa, Oma und Opa kommen, aber es scheint mir, dass meine Eltern viel Wert darauf legen, dass ich mitspiele, also lasse ich sie in dem Glauben, dass ich nicht Bescheid weiß. Der Weihnachtsmann, der natürlich nur verkleidet war und nicht der wirkliche Weihnachtsmann, denn den gibt es ja nicht, fragte mich, ob ich mich zu ihm setzen wolle, dann würde ich ein Bonbon bekommen. Das kam mir komisch vor. Letzte Woche war so eine Nachrichtensendung im Fernsehen gewesen, da haben sie von einem Mann gesprochen, der sich Fotos von kleinen Jungs angeschaut hat und der Sprecher hatte gesagt, der Mann sei pädophil. Ich fragte Mama natürlich, was das heißt und sie sagte, so ein Mann locke kleine Jungs und Mädchen mit Süßigkeiten an und würde ihnen dann wehtun und ich soll niemals mit einem Mann mitgehen, der mir Süßigkeiten anbietet. Also wollte ich kurz mal Klarheit schaffen und fragte den falschen Weihnachtsmann, ob er denn pädophil sei. Man muss sich ja informieren. Jetzt kriegte der Weihnachtsmann auch einen ganz roten Kopf, genau wie der Pastor am Morgen, und weil er so dick war, bekam ich fast Angst, er würde platzen und er schrie mich an. Das sei eine Unverschämtheit und einem solch frechen Bengel müsste man den Hosenboden versohlen und so weiter. Aha, dachte ich, also doch: erst Süßigkeiten und dann wehtun, wusste ich es doch. Dann kamen einige Sheriffs, also die Aufpasser von dem Supermarkt, und ich erklärte ihnen, dass der falsche Weihnachtsmann pädophil sei. Das wollten die aber gar nicht hören und fragten nur, wo meine

Mutter ist. Sie wurde dann ausgerufen, wir mussten das Einkaufscenter verlassen und durften an diesem Tage nicht wieder kommen.

Abends habe ich dann Papa von diesem Tag erzählt und wie meine vielen Fragen nicht beantwortet worden sind. Plötzlich wurde auch Papa ganz rot im Gesicht und lief hinaus. Mama rief hinter ihm her, er soll doch bitte schön die Fragen SEINES Sohnes beantworten, worauf er zurück rief, ich sei schließlich auch IHR Sohn. Dann hörte ich nur noch so komische Geräusche aus dem Badezimmer und ich fragte Mama, ob Papa krank sei und ob er im Badezimmer weint. Mama sagte nein, er weint nicht, er lacht, weil er sich so über meine klugen Fragen freut. Finde ich ja toll, dass Papa meine Fragen klug findet, aber beantwortet hat er sie trotzdem nicht.

Heute Abend war dann Bescherung unter dem Weihnachtsbaum und ich freute mich über die Geschenke vom 'Christkind'. Mama und Oma saßen auf dem Sofa und tuschelten miteinander und schauten mich immer so komisch an. Dann lachte Oma und sagte zu mir, dass ich ein ganz kluger Junge sei. Und Opa streichelte mir über die Haare und meinte, ich solle nie verlernen, so kluge Fragen zu stellen, dann würde ich es noch weit bringen. Das freut mich. Trotzdem ... die Antworten auf meine Fragen, mit wem Kain und Abel sich vermehrt haben und ob der Weihnachtsmann pädophil ist, die habe ich immer noch nicht bekommen.

# Blutschwestern

Monika dreht ihr Gesicht zur Sonne und schließt die Augen. Sie spürt, wie die warmen Strahlen ihre Haut aufheizen und sich langsam Schweißtropfen auf ihrer Stirn und der Oberlippe bilden. Gänsehaut und ein wohliger Schauer laufen ihr den Rücken hinunter. Am liebsten würde sie ihr Innerstes nach außen kehren und die Sonne mit jeder Faser ihres Körpers aufnehmen. Doch dann seufzt sie und zieht sich in den Schatten des knorrigen Baumes zurück, die einzige Schattenquelle auf diesem weiten Feld. Sie verträgt wenig direkte Sonnenstrahlen; viel zu schnell rötet sich ihre Haut und ein Sonnenbrand ist unausweichlich. Obwohl es jetzt auch nicht mehr wichtig ist, Sonnenbrand oder nicht. Sie hat so oft schon mit ihren roten Haaren und der empfindlichen Haut gehadert, heute will sie davon nichts wissen. Aber Jana zuliebe setzt sie sich in den Schatten, denn die Labradorhündin ist seit Ausbruch ihrer Krankheit noch empfindlicher geworden und würde ohne sie nicht im Schatten bleiben. Der Hund setzt sich neben Monika und sie blickt wieder über das weite Feld, das ganz aus hüfthohen, violetten Blüten besteht, Lavendel, soweit das Auge reicht. Eine Wohltat für die Seele und der beste Grund, um heute, an ihrem letzten Tag, hier zu sein. Tief atmet sie ein und hält den typischen Duft der Pflanze, den Duft, der in diesem Landstrich jede Ecke bedeckt, tief in sich fest. Ganz am Ende der schurgeraden Linien aus Pflanzen kann sie gerade noch die Dächer der Abtei erkennen. Es scheint eine Ewigkeit her zu sein, dass sie von dort aufgebrochen ist. Und doch war es erst vor wenigen Stunden. In der schon heißen Morgensonne war sie über das Feld gelaufen, bis zu diesem Baum inmitten vom Nirgendwo. Zweimal musste sie anhalten, weil Jana eine Pause brauchte.

Sie holt aus ihrer großen Umhängetasche einen Napf und eine Flasche Wasser. Sie füllt den Napf für Jana und trinkt selber den Rest der Flasche, während sie der Hündin zuschaut, die das mittlerweile lauwarme Wasser dankbar trinkt. Dann breitet sie das Tuch auf dem Boden aus und richtet ihr Mittagsmahl. Käse, Wein und ein Stück trockenes Brot. Mehr braucht sie nicht, nicht heute. Es reicht ihr der Genuss dieses kargen Mahles.

Der Nachmittag schreitet voran und sie beobachtet, wie die gelbe, gleißende Sonne ihre Bahn über den Himmel zieht. Zwischen den Pflanzenreihen weht ein leiser Wind, aber er bringt keine Abkühlung. Jana steht einmal auf und wandert ein paar Schritte, sie erleichtert sich und kommt dann in den Schatten zurück. Irgendwann schläft Monika ein und als sie erwacht, steht die Sonne nur noch auf halber Höhe aber es ist immer noch heiß. Hochsommer und beinahe Erntezeit für die kostbaren Pflanzen. Schade, sie wäre gerne noch einmal bei der Ernte dabei gewesen. Aber diesmal sollte es nicht sein, dieses Mal nicht.

Monika legt den Arm um die Hündin und lässt den Blick wieder und wieder über die violette Ebene schweifen. Jana lässt sich schwer an ihren Körper sinken und hechelt. Dann dreht sie den Kopf und schaut Monika vertrauensvoll in die Augen. Monika vergräbt ihr Gesicht in dem weichen Fell und drückt das Tier ein wenig fester an sich. Jana hebt den Kopf und schmiegt ihre Schnauze in Monikas Hand. Dann lässt sie sich sinken und dreht sich auf den Rücken, bietet Monika die Brust zum Kraulen an. Auch ihr nackter Bauch wird sichtbar und deutlich hebt sich die Beule darauf ab. Monika streicht darüber und spürt die Hitze, die davon ausgeht. Heiß und tödlich. Jana scheint aber momentan keine Beschwerden zu haben. Sie legt den Kopf rücklings flach auf den Boden, dabei fallen ihre Lefzen ein wenig zurück, so dass es aussieht, als würde sie lächeln. Monika lächelt auch und empfindet tiefen Frieden.

Schwestern im Geiste, so empfindet sie. Und sie weiß, dass sie im nächsten Leben wieder mit ihrer Schwester vereint sein wird. Sie muss nur das Ritual einhalten, so wie es vorgeschrieben ist. In diesem Leben wartet niemand auf sie, hier hat sie nur einen Körper, der ihr bald nicht mehr gehorchen wird und eine Schwester, deren irdischer Leib von dem innewohnenden Dämon zerfressen wird. Zwei Seelen, verbunden und doch in Leibern, deren irdische Existenz vergehen wird. Das Ritual, sie muss das Ritual einhalten, damit sie und ihre Schwester sich im nächsten Leben wieder finden. Sie schaut zur Sonne und schätzt die Uhrzeit. Bald ist es so weit, sie sollte beginnen.

Sie öffnet ihre Umhängetasche und holt die kleine Dose hervor. Die Leberwurst hat sie schon heute früh präpariert, Leberwurst ist Janas Lieblingssnack. Der Hund schnüffelt aufgeregt und hebt den Kopf, hat die Wurst schon gerochen. Monika öffnet die Dose und füttert den Inhalt an die Hündin. Jana schlingt die gerollten Portionen herunter, ohne zu kauen, ohne zu schmecken. Als sie sieht, dass die Dose leer ist, legt sie sich wieder lang an Monikas Füße und streckt die Hinterbeine aus, um ihren erhitzten Bauch fest an die kühle Erde zu pressen.

Monika entspannt sich. Es wird nicht lange dauern, sie weiß es. Sie hat das ganze Röhrchen des tödlichen Inhalts in die Wurst gerollt. Kleingedrückt und in dem Lieblingssnack versteckt. Um ganz sicher zu gehen. Sie soll nichts spüren, keine Schmerzen mehr erleiden.

Mitten in diesem überirdisch schönen Lavendelfeld sitzt sie mit ihrem treuen Labrador und genießt den Tag, der sich langsam dem Ende zuneigt. Ein leichtes Lächeln umspielt ihre Lippen, als sie die Synonymität zu ihrem Leben erkennt. Und doch, nirgends ist sie heute lieber als genau hier, an diesem Ort der Düfte und Farben.

Jana ist eingeschlafen. Ihr Kopf ruht auf den Pfoten und die Augen sind geschlossen. Ihr Atem geht flach. Nach einer Weile rutscht sie zur Seite und die Atemzüge kommen in immer größeren Abständen. Monika legt sich zu ihr auf die kühle Erde und umfängt den vertrauten Körper mit ihren Armen. Janas Kopf hält sie in ihrer Armbeuge und mit einer Hand streicht sie dem Tier über die Stirn, die sich trotz der nachmittäglichen Hitze kühl anfühlt. Sie hält den sterbenden Hund im Arm und erzählt ihr von all den schönen Erlebnissen, die sie miteinander verbindet. Sie redet und redet, lauscht dabei auf die immer flacheren Atemzüge und merkt, wie der Körper schlaffer wird.

Zehn Jahre ihrer Leben haben sie miteinander verbracht. Zehn Jahre, in denen sie nie mehr als einige Stunden getrennt waren. Ihre Mutter hatte Monika den Hund geschenkt, einige Wochen nachdem ihre menschliche Schwester gestorben war. Gestorben an demselben Dämon, der auch sie nun fest in den Fängen hält. Jana sollte Monika über den Verlust hinweg trösten, aber sie hatte sehr bald erkannt, dass die Hündin mehr war als ein Tier. Sie hatte erkannt, dass dies ihre wahre Schwester war, ihre Schwester im Geiste und bald auch im Blut, ihre Blutschwester. Bald wären sie für immer vereint und würden im nächsten Dasein wieder zusammen sein. Monika fand die Aussicht spannend, vielleicht wäre dann Jana der menschliche Part und sie der vierbeinige Begleiter?

Sie legt eine Hand auf die Flanke, die sich jetzt kaum mehr hebt und senkt. Ja, sie muss sich schon sehr anstrengen, um überhaupt noch eine Bewegung wahrzunehmen. Tiefliegende Sonnenstrahlen bahnen sich ihren Weg durch das hohe, violette Blütenmeer und tauchen Monikas unmittelbare Umgebung in ein unterirdisches Licht. Janas Flanke ist seit mehr als zehn Minuten still geblieben. Monika greift ein letztes Mal in ihre Tasche und holt das kleine Skalpell hervor, das sie, in mehrere Lagen Stoff gewickelt, seit ihrer Abreise dort aufbewahrt hat. Sie setzt sich auf und bettet den Kopf der Hündin auf ihren Schoß. Dann setzt sie das Messer am Hals der Hündin an und öffnet mit einem entschiedenen Schnitt die Halsschlagader. In einem Schwall quillt das Blut hervor und tränkt augenblicklich Monikas Hose und versickert in der trockenen Erde des Lavendelfeldes. Dann setzt sie zu einem präzisen Schnitt an ihrem eigenen Handgelenk an, versenkt die Spitze tief zwischen den Sehnen, bis das Blut hervorspritzt. Sie nimmt das Skalpell in die andere Hand und schneidet auch am zweiten Handgelenk tief ins Fleisch. Erstaunlicherweise schmerzt es weniger, als sie dachte. Dann legt sie beide blutenden Hände an Janas Hals und sieht zu, wie sich ihr Blut mit dem der Hündin vermischt und dann versickert. Blutschwestern. Sie schaut zum Horizont um den Zeitpunkt nicht zu verpassen und presst die blutenden Handgelenke dichter an Janas Halsschlagader. Das Blut des Tieres fließt gemächlich, im Gegensatz zu ihrem wird es kaum noch gepumpt. Langsam breitet sich Kälte in ihr aus und eine angenehme Schwäche überkommt sie. Sie legt ihren Kopf  an den Baumstamm hinter sich und beobachtet, wie die allerletzten Sonnenstrahlen das violette Blütenmeer in einem ultimativen Aufschrei aus Farbe in Brand setzen. Dann schließt sie die Augen. Es ist vollbracht. Der rechte Zeitpunkt zum Sterben ist gekommen.

# Quirinus im Weihnachtsland

Quirinus ist ein schüchterner, kleiner Mäuserich und er lebt alleine in seinem Moosmäusehäuschen am Bach. Man kann es nicht sehen, denn es ist unter den dicken Wurzeln der Weide versteckt. Quirinus ist sehr jung und er hat noch nicht viel von der Welt gesehen. Aber er träumt davon, einmal eine richtig große Reise zu machen. Am liebsten isst er Haselnüsse und die wachsen direkt vor seiner Tür an dem großen Haselnussstrauch. Nach dem Essen fährt er gerne in seinem Haselnussboot den Bach entlang. Das Wasser ist hier besonders ruhig und er kann sein Boot treiben lassen. Entlang des Ufers wachsen viele verschiedene Sträucher und die Zweige hängen bis in den Bach hinein. Manchmal bindet Quirinus sein Boot fest und klettert die Zweige hinauf. Dann hat er einen schönen Blick über den Bach, das gegenüber liegende Ufer und die ferne Stadt.
Aber heute ist der Bach unruhig und wild. Er rauscht viel schneller als sonst an seinem Häuschen vorbei und Quirinus macht sich Sorgen. Es wird doch kein Gewitter geben? Erst vor ein paar Wochen blitzte und donnerte es ganz schrecklich und das Wasser stieg immer höher. Auch heute spritzen die Wellen bis an sein Moosmäusehäuschendach. Der Mäuserich verschließt seine Tür ganz fest und legt sich in sein Mäusebett, das hinten an der Wand steht. Hier fühlt er sich sicher.

Dann träumt er vom Sommer. Ach, er liebt den Sommer! Warum nur war der letzte Sommer so kurz? Wenn es doch nur immer Sommer wäre! Der Rabe, der in den dichten Blättern der Weide wohnt, sagt, dass es ein Land gibt, in dem es immer Sommer ist. Das hat ihm die Amsel erzählt, die fliegt jeden Herbst dahin. Aber es ist weit, viel zu weit für den kleinen Mäuserich und man kann nicht mit dem Haselnussboot dorthin fahren. Das hat ihm auch der Rabe erzählt und der ist sehr schlau. Das Sommerland liegt weit hinter der Stadt und bis dahin ist es schon eine weite Reise für den Mäuserich. Das weiß Quirinus, weil er es einmal probiert hat und bis er da war, ist ihm die Puste ausgegangen. Vielleicht wenn er sich ein größeres Boot baut? So ein richtig großes Boot, mit einem Motor...

Plötzlich klopft es an die Tür des Moosmäusehäuschens. Erst denkt Quirinus, es sind vielleicht die Zweige vom Haselnussstrauch, die der Wind gegen sein

Fensterchen schlägt. Aber das Klopfen wird immer lauter und heftiger. Er schleicht zur Tür und öffnet sie einen winzigen Spalt. Gerade will er sagen: „Hallo, wer ist denn da?", als eine kleine Gestalt zwischen seinen Beinen hindurch schlüpft und sich vor ihm aufstellt:

„Guten Tag, Quirinus!" sagt die piepsige Stimme des Wichtes.

Der ist so verblüfft, dass ihm die Worte fehlen. Dann stottert er:

„Ha … ha … hallo! Was … was … wer … hääää?"

„Ich bin Quintila und wohne auf der anderen Seite vom Bach. Ich habe heute Geburtstag und möchte den mit dir feiern. Ich bin nämlich ein Wichtelmädchen und die Fee Qui hat gesagt, ich darf jemanden einladen, der auch ein Qu in seinem Namen hat. So wie du!"

„Woher weißt du denn, wie ich heiße?"

„Wir von der Feenwiese kennen alle, die ein Qu in ihrem Namen haben! Weil unsere Namen auch alle mit Qu anfangen! Aber bitte, schau mich nicht so an, mit deinen großen Mäusekulleraugen, sonst werde ich ganz traurig!"

Da muss Quirinus sich erst einmal setzen. Er holt tief Luft. So etwas hatte er ja noch nie erlebt! Da kommt jemand von der anderen Seite des Baches und will mit ihm Geburtstag feiern! Noch dazu so ein Wichtelmädchen von der Feenwiese! Schon oft hatte er die Wichtel und Feen im Morgennebel tanzen gesehen, drüben auf der Wiese, aber noch nie ist ihm eines so nahe gekommen.

„Ja, Quintila, was soll ich da sagen! Natürlich will ich gerne mit dir feiern, bloß, wie soll ich denn auf die andere Seite vom Bach kommen? Mein Boot ist zu klein und gerade heute ist der Bach so wild, das geht gar nicht!"

„Keine Sorge, die Fee hat uns eine Brücke aus Regenbogenglas gebaut. Darauf bin ich auch hier her gekommen! Und jetzt können wir beide darüber zur Feenwiese gehen!"

Schnell schließt er die Moosmäusehäuschentür und eilt hinter Quintila her. Und tatsächlich, aus siebenfarbigem Glas wölbt sich eine Brücke über den schäumenden Bach. Es sieht aus wie ein echter Regenbogen. Vorsichtig setzt Quirinus einen Fuß darauf. Quintila eilt ihm schon voraus und bei jedem ihrer kleinen Schritte gibt die Brücke einen hellklingenden Laut von sich. Auf jeder Farbe ist der Ton ein wenig anders und es klingt wie eine lustige Melodie. Da vergisst Quirinus seine Angst vor der gläsernen Brücke und springt hinter Quintila her. Auch seine Trippelschritte erzeugen eine Melodie auf der

Regenbogenbrücke. Die beiden Melodien ergeben ein lustiges Lied und Quirinus wird es ganz froh ums Herz. Oben auf der Brücke beginnt er gar zu tanzen und am liebsten hätte er die zauberhafte Brücke gar nicht mehr verlassen. Er kann sich nicht satt hören an der Melodie, die sein Herz so erfreut.

Aber da ist er schon auf der anderen Seite der Brücke angekommen und Quintila nimmt ihn bei der Hand.

„Warte, wir müssen erst die Fee rufen! Alleine darfst du nicht über die Feenwiese laufen!"

Doch Qui, die gute Fee der Feenwiese, wartet schon auf das Geburtstagskind und ihren Gast. In einem Regen von glitzerndem Feenstaub kommt sie näher und begrüßt die Beiden:

„Ich heiße euch willkommen, ihr sollt heute den ganzen Tag und die ganze Nacht meine Gäste sein!"

Quirinus fallen fast die Augen aus dem Kopf. Er flüstert immer wieder:

„Owei … owei … owei...!"

„Ihr dürft Euch wünschen, wohin die Reise gehen soll! In welchem Land wollt ihr den Geburtstag von Quintila feiern?", sagt die Fee und schaut von einem zum anderen.

Aber Quirinus staunt nur und bringt kein Wort hervor. Dabei hat er doch so viele Reisewünsche!

Quintila ruft: „Ach bitte, ins Weihnachtsland, wir wollen ins Weihnachtsland!"

Quirinus nickt. Eigentlich will er ja ins Sommerland, aber ins Weihnachtsland? Ja, davon hat er schon geträumt...

„Ja, bitte, ins Weihnachtsland!" ruft auch er und hält Quintilas Hand etwas fester. Und zack … ein Blitz und noch mehr Feenstaub und sie stehen mitten im Weihnachtsland!

Auf allen Bäumen im Weihnachtsland glitzert und funkelt es, aber es ist gar nicht kalt. Die Tannenbäume tragen bunte Sterne und glänzende Kugeln, in denen Quirinus und Quintila sich spiegeln. Lange Silberfäden hängen von den Zweigen und goldene Vögel mit bunten Flügeln fliegen dazwischen umher. Dabei zwitschern und singen sie, dass es nur so schallt und man sich einfach freuen muss.

„Ohhh, ist das schön!" flüstert Quirinus und vergisst ganz, dass er eigentlich ins Sommerland wollte. Sie halten sich immer noch bei den Händen und wandern weiter. Kleine und große Lebkuchenhäuser stehen rechts und links von dem Weg, der ganz aus Zuckerguss ist. Vor jedem Lebkuchenhaus steht ein Engel und lädt sie ein, davon zu probieren. Viele Wolkenberge und Wolkenhügel sind über und über mit bunten Geschenken bedeckt.

„Das sind die Geschenke für die vielen Kinder auf der Erde!", flüstert Quintila. Quirinus tritt näher und liest die bunten Aufkleber auf den Paketen. Da steht: Für Antonio in Venedig, Piazza Nova Nr. 3, oder: Für Pavel in Moskau, Roter Platz Nr. 7, oder: Für Camillo in Kopenhagen und ganz, ganz viele andere. Auf einem kleinen Wolkenberg liegen winzig kleine Geschenkpackungen und Quintila jubelt: „Schau mal, hier ist ein Geschenk für mich ... und da ... da ist auch eines für dich ... und noch eines ... und noch eines...!"

Quirinus schaut und staunt. Ja, da steht tatsächlich: Für Quirinus, An der Weide Nummer 1. Da kommt ein Engel geflogen und sucht die Geschenke für Quirinus und Quintila heraus, denn die beiden zögern, die Pakete anzufassen.

„Dürfen wir sie aufmachen?" fragt Quintila und der Engel nickt. Dann fliegt er wieder davon.

Aufgeregt öffnen sie ihre Päckchen. Da sind blaue Gummistiefel für den Mäuserich und ein roter Schal für das Wichtelmädchen, ein breiter Ledergürtel mit vielen Taschen für Quirinus und ein gelbes Kleid für Quintila. Sie ziehen alles an und tanzen ausgelassen vor Freude um den Tannenbaum.

„Schau nur, die Gummistiefel, die kann ich gut gebrauchen, wenn es so viel regnet, wie in diesem Jahr, dann ist es immer ganz nass vor meiner Tür. Und der Gürtel, schau nur, da kann ich ganz viele Nüsse sammeln und die Taschen voll machen!", freut sich Quirinus.

„Rot ist meine Lieblingsfarbe und gelb ist meine Lieblingsfarbe, ach, was ist das schön hier im Weihnachtsland!", ruft Quintila und wirbelt durch die weiße und bunte Pracht.

Dann bekommen sie Hunger und laufen zurück zu dem Lebkuchenhaus. Dort können sie nicht nur von dem süßen Lebkuchen naschen, sondern der Engel, der vor der Tür wacht, bringt ihnen auch einen Krug mit Kakao und einer dicken Sahneschicht oben drauf. Quirinus trinkt gleich einen großen Schluck und Quintila lacht laut, als er den Krug absetzt und ein dicker, weißer Sahneschnurrbart seine spitze Schnauze ziert. Dann trinkt auch sie von dem

Kakao und bekommt einen dicken, weißen Sahneschnurrbart. Sie betrachten sich in der glitzernden Weihnachtskugel am Tannenbaum und lachen vor Freude. Überwältigt von all den wundervollen Dingen im Weihnachtsland setzen sie sich auf eine Wolkenbank und Quirinus seufzt.

„Ach, Quintila, ist das schön hier! Wie hast du das nur gewusst? Ich hätte ja nie geglaubt, dass es solche Wunderdinge gibt."

Da kommt eine Eisenbahn angefahren. Sie fährt ganz ohne Schienen, fährt über die Zuckerstraße und durch die Wolkenberge, um die Geschenke herum und dann direkt auf Quirinus und Quintila zu. „Kommt, steigt ein!" ruft der Lokführer. Er ist klein und trägt eine rote Zipfelmütze. „Für Geburtstagskinder und ihre Begleitung ist die Fahrt umsonst! Steigt ein, steigt ein!"

Quirinus und Quintila springen auf den Zug, der erstaunliche bequeme Sitze hat, und huuii, ab geht die Fahrt.

Und was sie da alles zu sehen bekommen! Der Lokführerzwerg erklärt: „Zu Fuß könnt ihr das alles gar nicht sehen. Ihr habt ja nur einen Tag und eine Nacht. Und jetzt ist es schon fast Abend. Aber keine Sorge, hier im Weihnachtsland werdet ihr nie müde und schlafen müsst ihr nur, wenn ihr das wollt. So, und jetzt geht's ab zur Fabrik des Weihnachtsmannes!" und er drückt noch ein bisschen mehr auf das Gaspedal und der Zug fährt noch ein bisschen schneller.

Sie sehen eine große Halle, die ist fast so groß wie die ganze Stadt, die Quirinus aus der Ferne schon gesehen hat. Da sind viele Tore und große Türen, Engel fliegen hinein und heraus. Vor jedem Tor steht ein Schlitten mit Rentieren und die Engel packen Pakete auf die Schlitten, holen andere Pakete von den Wolkenbergen oder bringen sie aus der Halle dorthin.

„So viele Schlitten mit Geschenkpaketen!" staunt Quirinus.

„Ja, für jedes Land ein anderer Schlitten, sonst können wir das gar nicht alles schaffen in nur einer Nacht. Schaut mal, dort ist der Schlitten für Deutschland, überall sind Fahnen mit den Landesfarben darauf, so dass die Engel, welche die Schlitten bepacken, sich nicht irren können. Stellt euch mal vor, was soll denn der Pedro aus Mexiko mit einem Geschenk, das für den Tsen-hai in China bestimmt ist! Nein, nein, das muss alles seine Ordnung haben, alles muss an den richtigen Platz gepackt werden! Sonst gibt das ein großes Durcheinander!" sagt der Lokführerzwerg.

Sie fahren an der großen Halle entlang und können hinein schauen. Da wuseln viele, viele Zwerge und Engel hin und her, packen die Geschenke mit buntem Papier ein, andere drehen aus bunten Schleifen wunderschöne Kringel und wieder andere Zwerge, diese haben blaue Mützen, lesen von langen Listen.

„Wer sind denn die Zwerge mit den blauen Mützen?", will Quintila wissen.

„Das sind unsere Oberzwerge. Die passen auf, dass an die Geschenke auch die richtigen Zettel kommen. Sie bekommen die Wunschzettel der Kinder … schaut mal, da kommt wieder eine Lieferung!"

Ein Engel mit einem großen Sack fliegt heran und schüttet den an einem Platz in der Halle aus. Sofort laufen mehrere Oberzwerge herbei und sortieren die Wunschzettel, jeder nimmt einen Packen und geht wieder zu den Packzwergen.

„Seht ihr, der Schlitten ist fertig gepackt! Jetzt fährt der Weihnachtsmann mit seinen Helfern los und sie verteilen die Geschenke an die Kinder auf der Erde. Dann kommt er zurück und nimmt den nächsten Schlitten, bis alle Geschenke verteilt sind!"

Jetzt sind sie einmal um die Halle herum gefahren und sind wieder auf der Zuckerstraße mit den Lebkuchenhäusern.

„Hast du nicht gesagt, dass es Abend ist? Es wird aber gar nicht dunkel!" bemerkt Quirinus.

„Es wird hier nicht dunkel. Nicht, solange wir noch zu tun haben. Erst wenn alles fertig ist, dann wird es dunkel und wir gehen schlafen. Aber das ist noch lange nicht so. Ihr habt ja gesehen, wie viel noch zu tun ist! So, wo wollt ihr denn jetzt hin?"

Quirinus und Quintila schauen sich an.

„Keine Ahnung!" sagt Quirinus.

„Keine Ahnung!" sagt Quintila.

„Ich weiß, ich fahre euch zur Rentierschule!", sagt der Lokführerzwerg.

„Warum müssen Rentiere denn zur Schule gehen?"

„Na, das ist doch ganz einfach! Sie müssen lernen, wie der schwer beladene Schlitten gezogen wird und sie müssen lernen, zu fliegen. Das ist gar nicht so einfach und außerdem müssen sie lernen, die Weihnachtslandverkehrsregeln zu beachten, sonst gibt es Unfälle. Das geht ja nicht. Wie sonst könnte der Weihnachtsmann die Geschenke heile zur Erde bringen?"

Und hui … hui geht's schon wieder weiter und die beiden Passagiere können sich nur noch festhalten, so schnell fährt der Zug.

Und genauso schnell sind sie angekommen.

„Endstation, aussteigen!" ruft der Zwerg.

Und hui … hui ist der Zug weitergefahren und lässt Quintila und Quirinus am Rand einer großen Wiesenfläche zurück. Hier sind keine reich geschmückten Tannenbäume, auch keine Wolkenberge mit Geschenken. Hier sehen sie so viele Rentiere, dass Quirinus gar nicht anfängt sie zu zählen, denn er weiß, dass er es doch nicht könnte. Rechts von ihnen sind Babyrentiere, die dort mit ihren Müttern grasen. Die Muttertiere schauen nur ein bisschen gelangweilt, als sie die Gäste sehen, dann senken sie ihre Köpfe mit den Geweihen wieder zur Erde und fressen das saftige, grüne Gras. Die Babyrentiere sind da viel neugieriger, einige kommen näher und bleiben dann stehen. Sie schauen und staunen, solche Gäste haben sie im Weihnachtsland noch nie gesehen! Eines kommt gar ganz nah heran und leckt an Quirinus, das kitzelt und er lacht auf. Da erschrecken sich die kleinen Rentiere und rennen quiekend an die schützende Flanke ihrer Mutter zurück.

Links befindet sich eine weite Koppel, da sind Rentiere, die schon etwas größer sind. Aber noch nicht richtig groß und sie haben auch noch kein Geweih auf dem Kopf.

„Das sind bestimmt Kinderrentiere!", flüstert Quintila.

„Ja, schau nur, sie spielen 'fangen' miteinander!", freut sich Quirinus.

Eine ziemlich große Herde der halbwüchsigen Rentiere jagt über die Wiese, mal hier hin, mal dahin. Dann bleiben sie stehen und raufen miteinander um gleich wieder loszurennen.

Direkt vor den beiden Besuchern ist ein überdachtes Gelände, da sehen sie, wie die halbwüchsigen Rentiere lernen, einen kleinen Schlitten zu ziehen. Zwerge mit gelben Mützen geben Kommandos und zeigen den Tieren, wie sie es am besten machen. In einer Ecke steht eine große Tafel, da sind viele Verkehrzeichen aufgemalt und ein anderer Zwerg erklärt gerade einer Gruppe Rentieren, was sie bedeuten und was sie tun müssen, wenn sie ein solches Schild sehen. Die Tiere stehen im Halbkreis um die Tafel herum und schauen ganz angestrengt.

„Schau mal, schau mal, dort fliegt eines!", ruft Quintila und zeigt aufgeregt auf einen Zwerg, der ein fast ausgewachsenes Rentier in der Kunst den Fliegens unterweist. Dabei macht das Tier große Sprünge und nach zwei Sätzen hebt es ab und galoppiert einige Galoppaden in der Luft.

„Ohhhh!", macht Quirinus.

Sie laufen durch die Rentierschule und bleiben bei dem Zwerg stehen, der dem Rentier das Fliegen beibringt. Quintila klatscht vor Freude in die Hände, als der Schüler es schafft, eine ganze Runde über dem Gelände zu fliegen, bevor er wieder auf dem Wiesenboden landet.

„Ja, Ja, das ist mein bester Schüler, bald schon kann er mit den anderen Rentieren den Schlitten ziehen!", ruft der Zwerg mit der gelben Mütze und das Rentier schüttelt sich und prustet.

„Lauf zu den anderen, du hast frei für heute, gut gemacht!!", ruft der Zwerg und das Rentier galoppiert übermütig zu der Herde. Alle paar Galoppsprünge hebt es ab und fliegt einige Meter durch die Luft.

„Ja, wenn sie es erst einmal können, dann wollen sie gar nicht mehr auf dem Boden bleiben!", freut sich der Zwerg. Dann kommt er zu Quirinus und Quintila herüber.

„Ah, ja, ihr seid also unsere Geburtstagsgäste!"

„Woher ... was ... wieso?", stottert Quirinus, aber der Zwerg lacht nur.

„Wir Zwerge wissen genau, was hier los ist, wenn wir Gäste haben ganz besonders, das passiert ja nicht allzu oft! Aber jetzt kommt mit, eure Zeit ist fast vorüber und ich soll euch zurück bringen!"

„Was, ist die Nacht schon vorbei? Und ich war gar nicht müde und dunkel war es auch nicht! Schade!" Quintila macht ein trauriges Gesicht. Aber dann kommt ihr eine Idee.

„Quirinus, wenn ich das nächste Mal Geburtstag habe, dann kommen wir wieder hier her, was meinst du, sollen wir das machen?"

„Oh, ja, gerne, dann kommst du wieder über die Regenbogenbrücke und wir fragen die Fee nach einer zweiten Reise ins Weihnachtsland!"

„Na, dann ist ja alles geklärt! Ich sag dann mal, tschüs bis zum nächsten Jahr!", sagt der Zwerg. Er geht den Weg entlang und das Wichtelmädchen und der Mäuserich folgen ihm.

„So, jetzt, aufpassen ... und ...!", sind die letzten Worte die Quirinus und Quintila hören. Eine Wolke Feenstaub rieselt auf sie herunter und ... zack ... stehen sie wieder auf der Feenwiese am Fuß der Regenbogenbrücke.

„Ach, danke, Quintila, das war ein schöner Tag! Aber jetzt bin ich müde!"

„Ja, Quirinus, ich auch! Gute Nacht, Quirinus, gute Nacht!"

Und Quirinus läuft flink über die gläserne Brücke und lauscht verzückt seinen klingenden, singenden Schritten auf dem bunten Glas. Der Bach unter der Brücke ist immer noch wild und schäumend und die Wellen haben den Pfad vor seinem Moosmäusehäuschen in Schlamm verwandelt. Aber das macht ihm nichts aus, denn seine neuen, blauen Gummistiefel tragen ihn sicher bis an seine Tür. Drinnen zieht er die Gummistiefel aus, hängt seinen neuen Gürtel an den Haken neben der Tür und schlüpft ganz schnell in sein Mäusebett. Er gähnt ganz tief und schließt dann die Augen. Augenblicklich ist er eingeschlafen und … träumt … träumt … von einem wunderbaren Tag im Weihnachtsland.

## Märchen

Jedes Märchen dieser Welt
Trägt die Lösung einer Frage
Birgt in seinem bunten Feld
Wahrheiten für alle Tage.

Schwer ist´s manchmal, sie zu deuten
Ihren tiefen Sinn zu spüren
Oft ist´s ein gewisses Heute
Das zum Schlüssel dich wird führen.

Plötzlich kannst du klar erkennen
Was der Dichter sagen will
Kannst das Kind beim Namen nennen
Und verstehst das wahre Ziel.

Jedes Märchen dieser Zeit
zwischen seinen Zeilen hält
Mehr der Wahrheit als das Leben
lebenslänglich könnte geben

# Eine Hundeseele

Meine Leidenschaft sind die Windhunde. Und ganz besonders die russischen Windhunde, die Barsoi. Über diesen Hunden scheiden sich die Geister. Viele Leute sagen, sie sind dumm und hässlich. Doch für mich sind sie die schönsten und edelsten Tiere der Welt. Der lange, schmale Kopf, der schlanke Körper, das empfindsame Gemüt; diese Hunde sind mir so sehr ans Herz gewachsen, dass ich nie mehr ohne sie sein möchte.

Ein Barsoi kann ein besserer, treuerer und einfühlsamerer Freund sein als jeder andere Hund. Jedoch verträgt er keine Kritik, keine Zurechtweisung und keine Züchtigung. Um einen Barsoi zu erziehen, braucht man sehr viel Geduld und Einfühlungsvermögen. Und wird dafür mit einem loyalen Kameraden auf Lebenszeit belohnt.

Barsois sind absolute Rudeltiere und fühlen sich ohne die Gesellschaft eines zweiten Hundes nicht wohl. So erstand ich mein erstes Paar Barsois von einem Züchter in der Pfalz. Ich nannte sie Mischka und Jessei. Sie waren erst sechs Monate alt und bestanden nur aus langen Beinen und fliegendem Fell. Ihre spätere Schönheit lag damals noch in weiter Ferne. Mein Mann, Georg, zuerst ziemlich skeptisch, verfiel schon sehr bald dem Charme dieser zwei Rabauken. Wobei die Hündin ihm folgte, während Mischka von Anfang an 'mein' Hund war.

Mischka war schneeweiß, mit einem dunklen Fleck in Form einer großen Traube auf der rechten Flanke. Jesseis Fell war dunkelbraun mit weißen Läufen und einer dichten, fast karamellfarbigen Schweifbehaarung.

Wir legten uns einen sogenannten Hochdachkombi zu, so dass wir unsere beiden 'Kinder' immer mitnehmen konnten. Da wir beide freiberuflich tätig sind, konnten wir unsere Zeit auch frei einteilen und waren nicht nur am Wochenende auf Hundeausstellungen, Züchtertreffen und Rennveranstaltungen unterwegs. Eine schöne Zeit, diese Zeit mit unseren ersten beiden Barsois.

*

Mischka war nun zwölf Jahre alt. Ein stolzes Alter für einen großen Hund. Obwohl Jessei gleichaltrig war, hatte sie die Jahre besser verkraftet und war noch wesentlich agiler und kräftiger als ihr Bruder. Mischka schlief die meiste Zeit und war für lange Spaziergänge nicht mehr zu begeistern. Damit Jessei die bevorstehende Trennung besser verkraften würde, hatten wir einen jungen Barsoi hinzugekauft. Jessei bemutterte und betreute ihn wie ihren eigenen Welpen, den sie nie gehabt hatte. Mischka dagegen beachtete den Neuankömmling kaum, den wir Altai nannten. Er drehte sich nur gelangweilt weg, wenn dieser spielen wollte oder ihm in seiner Ruhephase zu nahe kam.

Dann wurde Mischka krank. Er wollte nicht mehr fressen. Selbst sein Lieblingsleckerli verschmähte er und ich fuhr zum Tierarzt.

„Ich kann nichts feststellen, körperlich hat er nichts. Doch besonders bei solch sensiblen Hunden ist es so, dass sie spüren, wenn es dem Ende zu geht und sich darauf vorbereiten."

„Was kann ich denn tun?"

„Nichts. Sie können nichts tun. Lassen Sie ihn einfach in Ruhe sterben, bleiben Sie bei ihm, oder sollen wir es gleich hier…?"

„Nein, nein, wenn er keine Schmerzen hat…?"

„Offensichtlich nicht. Er hat einfach keine Lust mehr auf das Leben!"

So nahm ich Mischka mit nach Hause, verbannte die anderen Hunde aus dem Zimmer und legte mich zu ihm. Er streckte sich und hob seine Schnauze zu mir. Er schaute mir in die Augen, ganz so, als wollte er sagen:

„Es ist gut so wie es ist. Mach dir um mich keine Sorgen!"

Dann seufzte er und schlief ein.

Ich holte eine Decke und blieb bei ihm. Ich deckte uns beide zu und hielt ihn im Arm wie mein Kind, das er ja auch war. Irgendwann in der Nacht erwachte ich, weil Mischka jaulte und jammerte, dann zuckten die Läufe. Ein wunderbarer Traum vom Jagen und Rennen hielt ihn im Bann. Immer schneller ging die Jagd, er jammerte und hechelte, strampelte die Decke fort und zuckte schneller mit den Läufen. Dann wurde er wieder ruhig, ich streckte den Arm aus, um ihn zu halten, als er plötzlich die Augen aufriss. In dem unruhigen Feuerschein, der vom Kamin schien, sah ich die Reflektionen in seinen Pupillen, die er starr auf mich gerichtet hatte. Ich kraulte ihn hinter den Ohren, strich ihm das lange Haar aus den Augen, streichelte ihn an der Brust, wo er es so gern hatte.

Plötzlich wurde er ganz starr, streckte mir die Schnauze entgegen und stupste mich an. Er öffnete die Schnauze, leckte mir über den Handrücken und schnappte nach Luft. Doch schon der nächste Atemzug sollte der Letzte sein. Mit einem Ächzen, das an einen kaputten Blasebalg erinnerte, sackte sein Körper zusammen und wurde ganz schlaff.

Ich wartete bis zum Morgen, der nicht mehr weit war, um Georg Bescheid zu sagen.

„Mischka hat die Nacht nicht überlebt!"

„Oh, nein!"

Jessei kam herein geschlichen und bevor ich sie greifen konnte, hatte sie sich neben Mischka gelegt und stupste ihn an. Ich wollte sie fortziehen, doch zum ersten Mal schnappte sie nach mir. Zu zweit mussten wir sie aus dem Zimmer tragen. Altai saß mit traurigen Augen auf seinem Platz und schaute uns verständnislos zu.

„Wir müssen ihn begraben. Hinten im Garten. Zwischen den Tannen. Ich will nicht, dass er in irgendeiner Tierverwertung landet."

„Nein, das will ich auch nicht!"

Und er ging, um den Spaten zu holen.

*

Etwa eine Woche später fuhren wir mit Altai und Jessei nach Dänemark. Ein befreundetes Paar, das unsere Leidenschaft teilte, hatte uns eingeladen. Wir wollten eine zweite Hündin aus einer anderen Linie und wir wollten züchten. Unsere Gastgeber hatten Welpen im richtigen Alter.

*

Es war eine stürmische und nasse Nacht auf der Landstraße. Wir waren früh losgefahren und wollten heute unbedingt noch ankommen. Es war schon nach Mitternacht und wir hatten mindestens noch eine Stunde zu fahren. Plötzlich sah ich am linken Fahrbahnrand eine Bewegung. Etwas Weißes stand dort. Ein großer, weißer Hund mit einem großen, braunen Fleck in Form einer Traube auf der rechten Flanke. Scharf sog ich die Luft ein und ging automatisch auf die Bremse. Mein Mann, der auf dem Beifahrersitz schlief, schreckte hoch.

„Was...?"

„Da, schau doch!"

Der Hund stand unbeweglich im Scheinwerferlicht. Er schaute mich an. Dann drehte er den Kopf, sprang mit drei großen Sätzen über die Fahrbahn und verschwand in der Dunkelheit.

„Das war Mischka!", schrie ich.

„Unsinn, das gibt es doch nicht."

„Doch, doch", beharrte ich. „Hast du es denn nicht gesehen?"

„Doch, ich hab da was Helles gesehen, das über die Straße gerannt ist! Vielleicht ein Reh, oder ein Pony, das irgendwo weggelaufen...!"

„Das war ein Barsoi, und er sah aus wie Mischka!"

Ich riss die Tür auf und stürmte hinaus. Dort, wo der Hund verschwunden war, befand sich ein weites Weizenfeld. Kein Laut außer unserem Motor war zu hören. Georg stellte ihn ab und kam zu mir. Ich hörte den Wind im Weizen rascheln, ich hörte kleine Tiere, die zwischen den Halmen umher liefen, weiter entfernt das „Hu-hu" einer Eule. Sonst nichts.

„Mischka, Mischka!", schrie ich.

„Du weißt, dass er es nicht sein kann!", tönte die Stimme der Vernunft hinter mir.

„Aber ich hab ihn doch gesehen!"

Ich nahm eine Taschenlampe und leuchtete in das Weizenfeld. Ich rief, ich pfiff, ich lockte. Nichts.

„Komm, lass uns weiterfahren. Es ist nicht mehr weit. Wir sind müde. Ich weiß nicht, was wir gesehen haben, aber es kann nicht...!"

„Doch, ich habe ihn erkannt, es war Mischka. Er sah genauso aus, mit diesem großen Fleck auf der Flanke!"

„Du erinnerst dich, wo wir ihn begraben haben, oder?"

Ein plötzlich aufkommender Nebel hüllte uns ein und nach Sekunden stach unser Scheinwerfer in eine weiße Wand. Georg drosselte das Tempo und wir fuhren nur noch Schrittgeschwindigkeit. Ich grübelte immer noch über den geheimnisvollen Hund nach, als vor uns urplötzlich eine Wand aus Licht aufragte.

Dann jagte ein Windstoß den Nebel fort und wir standen vor mehreren, ineinander verkeilten Autos, die lichterloh brannten. Ich schrie erschrocken auf, Georg lenkte das Auto scharf nach rechts in einen Waldweg hinein und hielt an. Wir sprangen aus dem Wagen, rannten zur Unfallstelle. In diesem Augenblick jagte ein weiteres Auto um die Biegung und krachte in den brennenden Blechhaufen. Im zuckenden Feuerschein sah ich mindestens vier Autos, zwei davon brannten, eines lag auf dem Dach im Graben und vorne, mitten auf der

Straße lag ein Pferd. Es versuchte vergeblich, aufzustehen und fiel immer wieder auf die Straße zurück. Im nächsten Moment kamen mehrere Wagen der Feuerwehr angebraust, Blaulicht zuckte überall, Schaum und Wasser spritzte. Eine junge Frau taumelte am Rand des Waldes entlang und hielt sich den Arm, dann stolperte sie und fiel auf die Knie. Ich lief zu ihr und half ihr hoch.

„Mein Gott, was ist denn hier passiert?"

„Ich weiß es nicht, es ging alles so schnell, erst kam der Nebel, dann sind wir in das Pferd hinein gerast und plötzlich brannte alles!", schluchzte sie.

Mir wurde eiskalt. Nur wenige Minuten früher und wir wären mitten in diesem brennenden Chaos gelandet. Mitten drin. Brennend. Ohne die Vision eines einsamen Hundes am Straßenrand wäre ich mit unverminderter Geschwindigkeit weitergefahren und nach der nächsten Biegung auf das Pferd...

Mir war schwindelig und ich musste mich setzen.

Mischka ... eine Hundeseele ... treu über den Tod hinaus.

# Im Gartenhaus

Mit einem kleinen, zufriedenen Lächeln schloss Jan die Autotür ab und marschierte entschlossen durch den zugewachsenen Garten. Der Pfad war schmal, Büsche und Pflanzen schoben ihre Zweige neugierig in seine Richtung. Sie schienen nach ihm zu greifen, ihn zu streicheln, ihn willkommen zu heißen. Rechts vom Pfad herrschte tiefe Dunkelheit. Dort vergnügte sich im Sommer das Ziegenpaar auf der großzügigen Weidefläche. Sie blökten 'Hallo' und 'Willkommen', jedes Mal, wenn ein weiterer Besucher über den Pfad kam. Heute war es still. Die Tiere lagen wahrscheinlich im tiefen Stroh und wärmten sich gegenseitig.

Das Gartenhaus war wie immer hell erleuchtet. Die weihnachtliche Lichterkette sandte ihren Willkommensgruß durch die kalte Nacht.

Dann zog er die Tür auf und die Wärme aus dem Inneren wallte ihm entgegen, Wärme und Licht aus mehreren Kerzen und indirekten Lampen. Die bis zur Decke reichenden Bücherregale, der einladende, festlich gedeckte Tisch in der Mitte des Raumes und die darum versammelten Gesichter, all das erfasste er mit einem Blick, bevor seine Brille beschlug und er sie von der Nase nehmen musste.

„Da bist du ja! Komm rein, komm rein, wir haben schon auf dich gewartet!"

„Ja, sorry, bin wieder mal zu spät, bin ich auch wieder der letzte?"

„Nein, Anna fehlt noch, aber sie hat heute ein Konzert und kommt etwas später...!"

Er erspähte den leeren Stuhl rechts von Thomas und ließ sich mit einem zufriedenen Seufzer darauf fallen. Ein schneller Blick auf die Anwesenden verriet ihm:

„Wo ist denn Maria, kommt sie nicht?"

„Auf'm Klo!" nuschelte Thomas.

„Wie ich gerade sagte", fuhr Michael fort und der Kerzenschein spiegelte sich auf seinem kahlen Kopf „haben wir einige Sachen zu besprechen, besonders was Laylas Ausstellung betrifft. Wir brauchen noch zwei Freiwillige um die Deko anzubringen..." Er zeigte auf die zierliche, dunkelhäutige Frau an seiner Seite.

Thomas schenkte ihm sein Glas voll. Dabei wirkte die Karaffe in seinen großen Händen wie ein Spielzeug.

„Na, Großer, wieder ein schönes Gedicht mitgebracht?" Thomas verfasste zauberhafte Liebesgedichte. Sein robustes Äußeres verlieh ihm die Aura eines erfolgreichen Boxers; Lyrik schien nun das Letzte zu sein, das man ihm zutrauen würde.

Jan trank durstig von dem kühlen Saft. Wie immer, wenn der Stammtisch zusammen kam, hatte er das Gefühl endlich wieder nach Hause gekommen zu sein. Sein wirkliches Leben, das ihm zunehmend trostlos und sinnentfremdet erschien, diente eher dem Zweck, seine, leider, brotlose Kunst zu finanzieren. Aber er gab die Hoffnung nicht auf. Irgendwann würde die Welt erkennen, dass seine Texte, seine Romane, genauso gut waren wie die der großen Schriftsteller. Bis dahin, nun gut...

Links neben Thomas lachte Elena plötzlich laut auf. Ihr rotes Haar, wie immer ungebändigt und wirr vom Kopf abstehend, kam der Kerze neben ihrem Teller gefährlich nahe. Der Luftzug ließ die Flamme zur Seite zittern. Ihr russischer Akzent war, trotz langjähriger Anwesenheit in Deutschland, noch deutlich hörbar. Jan fand ihn immer noch bezaubernd wie am ersten Tag. Elena erzählte, wie sie ihre neueste Skulptur verkaufen wollte. Der Käufer und sie konnten sich aber nicht auf das Motiv einigen.

„Err sagte, es wärre Baum, aber ich sagte, nein, es ist Mädchen. Er dann hat nicht gekauft, weil er wollte Baum!"

Elenas Steinfiguren ließen manchmal tatsächlich eine eigenwillige Deutung zu. Möglicherweise lag darin das Geheimnis ihres Nicht-Erfolges.

Emma fragte Michael nach seinem Antiquariat. Obwohl er der einzige unter ihnen war, der einen beachtlichen, schriftstellerischen Erfolg aufzuweisen hatte, unterhielt er dennoch sein Antiquariat weiter.

„Ich bin schon ein bisschen abergläubisch. Ich hab das Gefühl, wenn ich den Laden zumache, dann war's das auch mit meinem Erfolg als Autor!", hatte er einmal gesagt. Nun unterhielt er sich mit Emma, der Krankenschwester, über ihre neueste Kurzgeschichte. Er wollte sie in seine Anthologie aufnehmen und Emmas schmales Gesicht leuchtet vor Freude. Sie war eine stille Person und die blutrünstigen Geschichten, die aus ihren Tasten sprossen, schienen von ihren Naturell so weit entfernt zu sein wie der Kilimandscharo von der Sonne.

*Man schaut dem Menschen eben nie in den Kopf!* Schon oft hatte Jan dies gedacht. Wieder einmal kam ihm der Gedanke, wie wenig er doch von allen hier am Tisch wusste. Und doch waren sie im Laufe der Jahre seine Familie geworden, seine Freunde.

Samuel stand von seinem Stuhl auf. Seine mehr als hagere Gestalt war wie meistens in düsteres Schwarz gekleidet. Seine wilden, schwarzen Locken hatte er ausnahmsweise mit einem Haargummi gebändigt. Mit theatralischer Geste wies er in den hinteren Teil des Raumes. Jan erkannte erst jetzt das mannshohe Gemälde, das dort an der Wand lehnte.

„Mein Weihnachtsgeschenk!", deklamierte er. Das Ölgemälde war etwas breiter als hoch und nahm fast die Hälfte der hinteren Wand ein. Wie alle von Samuels Bildern, die Jan bisher gesehen hatte, wies auch dieses kein spezifisches Motiv auf. Es verwirrte den Betrachter eher mit erratischen Formen und wilden Farben.

Sofie zupfte nervös an ihrer Lippe. 'Sofie mit F', wie sie nie müde wurde zu betonen, kniff die Augen zusammen, meinte mit entschuldigender Stimme:

„Was stellt es denn dar, lieber Samuel, ich kann es nicht gut sehen von hier aus?"

Sofie malte selber und dies mit einigem Erfolg. Allerdings gefielen Jan ihre Bilder sehr viel besser. Die windgepeitschten Strände und tosenden Meere erstaunten den Betrachter immer wieder aufs Neue. Wer Sofies Bilder betrachtete, meinte den Wind und das Meer förmlich zu hören. Samuel sandte einen vernichtenden Blick in ihre Richtung. Sie duckte sich, legte eine Hand auf ihren schneeweißen Scheitel und entschuldigte sich noch einmal.

Layla legte ihre dunkle Hand auf Sofies Arm. Sie beugte sich zu der Älteren hinüber und flüsterte:

„Ich kann auch nichts erkennen, aber die Farben sind sehr schön!"

Laylas Hände waren zwar schmal und zierlich, aber von erstaunlicher Kraft, wie Jan wusste. Sie erschuf damit gewaltige Holzschnitzarbeiten mit einer gefährlich singenden Kettensäge. Eine davon stand im Ziegengatter. Sie war im vergangenen Jahr eingeweiht worden, ein kunstvoller Baumstumpf, auf dem sich zwei Waschbären und ein Eichhörnchen tummelten, erstarrt in ewiger Bewegung. Das war Laylas Einstandsgeschenk an den Stammtisch gewesen und Jan bewunderte die Skulptur jedes Mal aufs Neue. Er erinnerte sich an den Sommerabend, als das Werk aufgestellt wurde. Der Ziegenbock ging sofort in

Abwehrstellung. Aber die Ziege, eine schneeweiße Geiß von erstaunlicher Größe, kam vorsichtig näher und leckte den neuen Einrichtungsgegenstand ausgiebig ab. Das sorgte für große Heiterkeit und später setzte Jan sich noch in das Ziegengatter und beobachtete die Tiere beim Widerkäuen. Das tat er gerne, denn es beruhigte ihn und hatte etwas erstaunlich Meditatives.

Jetzt ging die Tür wieder auf und Maria kam herein. Gefolgt von Anna, die sich noch in der Tür den schweren Lodenmantel auszog.

„Fertig, endlich, jetzt fasse ich aber diese Woche kein Saxophon mehr an!", verkündete sie.

„Ihr könnt ruhig mal die Heizung auf dem Klo anmachen, bin ja fast auf der Brille festgefroren!", monierte Maria gleichzeitig. Ihre schwarzen Augen funkelten missmutig, dann wandte sie sich zu Anna um:

„Geh bloß nicht aufs Klo, ist arschkalt da!"

Anna winkte ab und zog die Mütze von den blonden Haaren.

„So kalt wie auf dem Weihnachtsmarkt kann es da gar nicht sein!"

„Na ja, du bist ja auch noch jung!", entgegnete Maria pikiert. Sie nahm ihren Platz am Tisch wieder ein. Auch Anna setzte sich und streckte die Beine aus.

„So, und was gibt es Neues?"

Bevor Michael antworten konnte ging die Tür erneut auf und mit einem Schwall kalter Luft schwebte Frank in den Raum. Frank konnte seine Leidenschaft als Koch nicht nur zu den Stammtischzusammenkünften ausleben. Auch im Alltag versorgte er seinen Partner Michael mit den leckersten Köstlichkeiten. Frank schob nun den Servierwagen vor sich her. In der Mitte thronten das Tablett mit dem Braten, das Gemüse, die Knödel und Spätzle, die Töpfchen mit der Soße, alles war dekorativ darum herum aufgestellt. Unter dem 'Aah' und 'Ooh' der Anwesenden verteilte er Teller und Besteck und begann dann, den Braten aufzuschneiden.

„Frank, das riecht köstlich! Ich sehe, du hast dich wieder einmal selbst übertroffen!", rief Samuel und Layla strich dem großen Mann zärtlich über den Rücken. Frank errötete und Michael warf ein: „Den ganzen Tag hat er in der Küche gestanden!" Beifälliges Gemurmel ließ Frank noch mehr erröten. Dann setzten sich alle und begannen zu essen. Frank blickte prüfend in die Runde stellte fest, dass niemandem etwas fehlte und verließ den Raum.

Jan überlegte. Wie lange kam er schon zu diesen Stammtischtreffen? Zwei Jahre, drei? Nein, eher waren es vier Jahre. Ja genau, mehr als vier Jahre trafen sie sich nun schon hier. Anfangs immer am ersten Sonntag im Monat, dann auch zu besonderen Anlässen. Zu den Geburtstagen, zu Weihnachten, zu Ostern. Nicht immer konnten alle dabei sein, manchmal kamen auch neue Mitglieder hinzu. Und jedes Mal hatte Frank ihnen ein vorzügliches Mahl serviert.

Jan erinnerte sich an den ersten Stammtisch. Da hatten nur er, Michael, Anna, Ulla und Thomas dazu gehört. Michael hatte erzählt, wo der köstliche Braten seinen Ursprung hatte:

„Gestern Morgen bin ich raus, um die Ziegen zu füttern und sie aus dem Stall zu lassen. Da hängt hinten am Zaun, dort wo  ich den Stacheldraht erneuert habe, ein Hase. Wahrscheinlich hat er versucht, hinüber zu springen und ist hängen geblieben. Er war noch nicht lange tot, war noch warm. Da haben Frank und ich ihn ausgenommen und uns überlegt, dass es doch eine Schande wäre, dieses Geschenk verkommen zu lassen. Oder was meint ihr?"

Alle hatten zustimmend genickt und den Hasenbraten bis auf den letzten Bissen aufgegessen. Jan musste zugeben, dass Frank in den letzten Jahren immer köstlichere Gerichte gezaubert hatte. Besonders seine Braten, die stets mit einem geheimnisvollen Lächeln serviert wurden, übertrafen alles, was er bisher gegessen hatte.

Woraus dieser heutige Braten wohl bestehen mochte? Er nahm sich eine zweite Scheibe und goss reichlich von der überaus leckeren Soße darüber. Rind war es nicht, Kalb vielleicht? Wild? Nein, wohl eher nicht...

Sinn und Zweck dieses Stammtisches war von Anfang an gewesen, dass sich die Mitglieder gegenseitig aushalfen. Da gab es Ausstellungen zu organisieren, Lesungen zu veranstalten und, was wohl am wichtigsten war, sich Mut zuzusprechen. Denn die überwiegend brotlose Kunst, die sie ausübten, wies viel öfter negative als positive Finanzaspekte aus. So war über die Jahre ein fester Kern zusammengewachsen. Jan schätzte diese Zusammenkünfte über alles und hatte, wenn er wieder nach Hause fuhr, stets so ein kleines Gefühl von Verlust. Aber dann freute er sich auf den nächsten Termin und er lebte dafür.

Zu Michael, Anna, Ulla und Thomas hatten sich ein gutes Jahr später Emma, Elena und Samuel gesellt. Und wieder ein halbes Jahr darauf waren Sofie und

Maria dazu gestoßen. Irgendwann kam Ulla nicht mehr. Beim ihrem nächsten Zusammentreffen hatte Michael einen Brief von ihr herum gereicht.

„Sie will nicht mehr hier her kommen. Angeblich sind es familiäre Gründe. Ich vermute aber, dass sie einem anderen Künstlerstammtisch beigetreten ist, drüben im Sauerland. Blöd nur ihre Begründung, hier lest selber...“

Die allgemeine Meinung war, dass Ulla sich doch hätte persönlich verabschieden können.

„Hast du ihre neue Adresse?“

Hatte Michael nicht.

„Wann ist sie denn umgezogen?“

Wusste auch niemand.

Man diskutierte noch den ganzen Abend darüber, aber danach wurde sie nie mehr erwähnt. Jan wusste noch, wie er es bedauert hatte, dass die stets etwas griesgrämige Frau mit der spitzen Zunge nicht mehr dabei war. Er hatte ihren Humor gemocht, mochte er auch so schwarz gewesen sein wie die Erde im Ziegenstall.

Ein Highlight nach Ullas Abschied war jedoch das neue Rezept gewesen, das Frank bald danach ausprobiert hatte. Jan fragte sich zum hundertsten Mal, wo Frank all die ungewöhnlichen Gewürzmischungen fand.

Er erhob entschuldigend, dann trat er in die Winternacht hinaus. Das WC befand sich am Haupthaus, dazu musste er durch den Garten und über die kleine Terrasse. Als er nahe genug war, schaltete der Bewegungsmelder den Strahler an und tauchte den etwas chaotischen Hinterhof in gleißende Helligkeit. Jan wartete etwas, so dass seine Augen sich an das Licht gewöhnen konnten. Dann trat er näher. Da bemerkte er, dass die Tür neben dem WC einen Spalt offen stand. Der Eingang zu Franks Heiligtum, der Küche! Noch nie hatte einer von ihnen dort einen Blick hinein werfen dürfen. *Jetzt oder nie!* Er blickte sich um, niemand zu sehen. Die Tür zum Gartenhaus war geschlossen. Er zog die Küchentür ganz auf und schlüpfte hinein. Nur eine Lampe über der Arbeitsplatte brannte, der Rest des Raumes lag im Halbdunkel. Der Geruch des Bratens hing noch in der Luft. Noch etwas anderes, subtileres, aber das konnte er nicht einordnen. Langsam sah er sich um.

Rechts an der Wand die Arbeitsplatte, geradeaus befand sich noch eine Tür. Die führte wohl zum vorderen Hausflur. Links erspähte er eine große

Gefriertruhe, die ein beruhigendes Brummen von sich gab. Über der Truhe hingen zwei Reihen großformatiger Fotos in dunklen Bilderrahmen. Er konnte nur die mittleren Fotos erahnen, rechts und links verschwanden sie in den Schatten der Nacht. Neugierig trat er näher. Wer hängte denn eine solche Menge an Bildern in seiner Küche auf? Gut zwei Dutzend mochten es sein.

Auf der Truhe lag etwas das wie eine weiße Decke aussah, er streckte die Hand danach aus und berührte eine glatte, wenn auch etwas stachelige Oberfläche, die sich feucht anfühlte. Ein Fell! Er roch daran. Blut, Nässe, verfaultes Fleisch... eilig zog er die Hand zurück. Das war ein frisch abgezogenes Fell, das hier zum Trocknen lag!

Er blickte hoch, die Fotos in den schwarzen Rahmen grinsten ihn an. Seine Augen hatten sich an das Halbdunkel gewöhnt und nun konnte er die Bilder erkennen. Er blickte nach links. Ein Hase, der im Stacheldraht hing, die blicklosen, hervorquellenden Augen auf den Betrachter gerichtet. Daneben ein Kalb, das am Euter einer schwarzen Kuh nuckelte. Ein halbes Schwein, ausgenommen und am Hinterlauf von der Decke baumelnd. Ein Labrador grinste freudig hechelnd in die Kamera. Ein Reh, offensichtlich Opfer eines Verkehrsunfalles, die trüben Augen im Dämmerlicht fast unsichtbar. Zwei übergewichtige Katzen, die sich faul auf dem Dach des Anbaus räkelten. Das Foto eines Schäferhundes, im Ansatz um über einen Zaun zu springen. Noch zwei Katzenbilder und ein seltsames Foto von einem Pony. Das Tier schien zu schlafen, obwohl... fehlten da nicht die Beine?

Und an zentraler Stelle, Jan schreckte zurück bei dem ungewohnten und doch vertrauten Anblick, eine Momentaufnahme von Ulla. Am Tisch im Gartenhaus, im Hintergrund die Bücherregale, sie beugte sich zu Thomas und schien ihm etwas zu zuflüstern.

Jan taumelte zurück, stieß mit dem Rücken an die Arbeitsplatte und starrte auf die Bilder.

*Der Hase im Stacheldraht, Ullas Foto, das halbgetrocknete Fell... Katzen?*

Hektisch blickte er von rechts nach links, auf die Fotos, auf das Fell, zur halboffenen Tür.

Die Erkenntnis ließ ihn taumeln. Ihm wurde schwindelig.

Übelkeit und Scham überrollten ihn in einer heißen Woge.

*Um Himmels Willen, Katzen? Ulla? Ponys?*

Einen Moment lang befürchtete er, in Ohnmacht zu fallen. Dann lichtete sich der Grauschleier um seine Gedanken...

Jan wusste nicht mehr, wie er zurück in das Gartenhaus gekommen war. Plötzlich saß er wieder am Tisch, blickte sich verwirrt um. Alle sahen aus wie immer, unterhielten sich, lachten, aßen. Jan schüttelte den Kopf wie ein Hund, der sich das nasse Fell trocknen will. Die heimelige Atmosphäre schien urplötzlich tiefe Risse bekommen zu haben. Abgründe, tiefschwarz und lockend, taten sich auf, dann war alles wieder normal.

*War ich gerade draußen? War ich in Franks Küche? Bin ich gerade irgendwie neben mir? Was war das? Wo bin ich? Was bin ich? Wer seid ihr?*

Frank ließ sich auf den Stuhl neben Jan fallen.

„Na, wie schmeckt es dir heute?"

„Ääh, gut...!", erwiderte er heiser.

Wie durch einen Nebel nahm er plötzlich den Raum wahr, die Stimmen wie unter Wasser. Und bevor es ihm bewusst wurde, kamen die Worte über seine Lippen.

„Sag mal, Frank, deine Ziegen, die hab ich heute gar nicht gehört, leben die noch?"

Frank schnitt sich ein besonders großes Stück Braten ab, blickte es liebevoll an und steckte es dann in den Mund. Genießerisch kaute er, dann blickte er Jan an und erwiderte:

„Ja, ja, die Ziegen..."

# Der Ausflug

Anja nahm einen tiefen Atemzug und tat den letzten Schritt. Die Beinmuskeln schmerzten und brannten, ihre Knie fühlten sich an wie Butter und die Lungen lechzten nach Sauerstoff. Er war hart gewesen, dieser Aufstieg, hart und lang. Zwei Stunden war es ständig bergauf gegangen, immer dem schmalen Pfad folgend, doch nun war sie angekommen. Auf dem Gipfel! Und sie wurde mit einer wahrhaft atemberaubenden Aussicht über das weite Tal belohnt. Über der steilen Felsspitze auf der gegenüberliegenden Seite erhob sich die Sonne mit majestätischer Grazie und schickte die ersten wärmenden Strahlen durch den Morgennebel talwärts. Die Schatten im Tal begannen sich aufzulösen, langsam erkannte sie die ersten Konturen: die stolze Dorfkirche mit dem Zwiebelturm, das langgestreckte Gebäude des Großbauern am rechten Talrand, das Glitzern des Flusses. Nach und nach tauchten auch die kleineren Gebäude auf, die roten Ziegeldächer und dunklen Reetdächer, der Marktplatz, dort bauten die ersten Händler ihre Stände auf. Zwei Fahrzeuge krochen lautlos über die graue Asphaltstraße dem Talausgang zu; frühe Pendler auf dem Weg in die Kreisstadt.

Eine Bewegung an ihrem Oberschenkel ließ sie nach unten blicken. Auch Ronja hatte es geschafft und saß nun, die Zunge rot im offenen Maul, hechelnd an ihrer Seite. Der schwarze Labradormix begleitete sie auf allen ihren Wanderungen, aber heute waren sie zum ersten Mal in der Dunkelheit losmarschiert. Anja wollte unbedingt an diesem Sommersonnenwendtag rechtzeitig auf dem Gipfel sein, um die Sonne zu begrüßen. Sie strich sich die schweißnassen Haare aus der Stirn und griff nach der Wasserflasche. Ronja blickte zu ihr auf.

„Ja, natürlich, du bekommst auch etwas!" Sie nahm den Rucksack von der Schulter und stellte ihn hinter sich. Dann löste sie den Napf aus der Trageschlaufe. Die Hündin konnte zwar an jedem Bachlauf ihren Durst stillen, aber hier oben gab es kein Wasser. Nur Anjas Wasserflasche. Gierig tranken sie beide, dann setzte Anja sich und genoss die Aussicht. Ronja ließ sich neben ihr nieder und es machte den Anschein, als ob auch sie zufrieden über das Tal hinweg schaute. Der sanfte Wind bewegte ihre langen Nackenhaare und die schwarzen Wimpern um die klugen Augen waren lang und sanft geschwungen.

Seit sie vor sechs Monaten in dieses bezaubernde Fleckchen Erde gezogen war, hatte sie schon einige tolle Wanderwege erkundet. Doch dieser Pfad, den Berg hinauf um dann mit diesem Ausblick belohnt zu werden, würde ihr absoluter Favorit werden. Das wusste sie jetzt schon. Und auch für die Hündin war der Aufstieg nicht zu beschwerlich gewesen, sie hatte immer mit ihr Schritt halten können. Sie hatte den weiteren Weg über den rückwärtigen Pfad gewählt, denn der direkte Aufstieg war viel zu steil für Ronja. Sie konnte den Pfad erkennen, er schlängelte sich durch niedrige Büsche und kleinere Bäume und endete einige Meter unter ihr an der steilen Felswand.

Anja prüfte Ronjas Weste, sie saß gut und schien das Tier nicht zu stören. Ronja trug ihr absolutes Notfallpaket, eine Weste mit diversen Taschen. Eine Extra-Ration Wasser, ein kleines Verbandspäckchen, die Rettungsdecke aus Alufolie und ein zweites Mobilphone waren darin verstaut. Bei einem früheren Wandertag war ihr einmal der gesamte Rucksack in eine Felsspalte gefallen und sie hatte Glück gehabt, dass sie bei einem nahen Bauernhof Hilfe gefunden hatte. Seitdem trug Ronja ihr Notfallpaket.

Anja holte ihr Frühstück aus dem Rucksack und gab Ronja ihren Teil ab. Der Tee in der Thermoskanne war noch heiß. Etwas Schöneres als diesen Moment konnte sie sich nicht vorstellen. Sie schloss die Augen, lehnte sich an den Rucksack und seufzte zufrieden.

Ronja erhob sich und lief ein paar Schritte. Sie hob die Nase und prüfte den sanften Wind, der aus dem Tal hochwehte. Anja drehte den Kopf und sah ihr nach, der Hund würde sich nicht allzu weit von ihr entfernen, das wusste sie, und sie wusste auch, dass Ronja nur einen kurzen Ruf benötigte, um sofort zurück an ihre Seite zu kommen. Sie wollte sich wieder entspannen, als sie wütendes Gebell hörte. Gleich darauf ein zorniges Jaulen und noch mehr Gebell.

„Hey, was ist denn da los!", rief sie und sprang auf die Füße, wollte dem Tier hinterher. Ronja würde doch nicht jagen oder ein Wild aufscheuchen? Das hatte sie noch nie getan! Doch in diesem Augenblick gab der Boden unter ihr nach und sie rutschte, torkelte, fiel, zusammen mit einem großen Brocken Erde in die Tiefe. Ihre Hände griffen nach rechts und links, schrammten an Felsen und Steinen entlang. Verzweifelt versuchte sie, an den vorbeihuschenden Büschen Halt zu finden, aber das gelang ihr nicht. Ein Baum, der an dem abschüssigen Gelände einen Ankerplatz gefunden hatte, hielt ihren Sturz kurz auf, aber dann brach der dünne Stamm und sie rutschte weiter. Wie lange der Sturz dauerte, konnte sie später nicht mehr sagen, aber er kam zum Ende, als ein unglaublicher Schmerz durch ihr Bein zuckte, unter der Schädeldecke explodierte und dann wurde alles dunkel.

*

Anja erwachte und blickte in einen klaren, blauen Himmel. Desorientiert versuchte sie, sich zu erinnern. Hatte sie hier übernachtet? Wo war Ronja? Sie versuchte sich aufzusetzen, aber mit dem plötzlich aufflammenden Schmerz kam die Erinnerung und sie fiel ächzend nach hinten. Das verursachte erneute Schmerzexplosionen und für einen Augenblick befürchtete sie, wieder ohnmächtig zu werden. Vorsichtig, ganz, ganz vorsichtig, öffnete sie die Augen und vermied jede Bewegung. Sie dachte: *So viele Schmerzen, ich bin also weder tot noch ist das Rückgrat gebrochen.* Versuchsweise bewegte sie einen Arm, das klappte schon mal. Dann den anderen Arm, der schmerzte, schien aber funktionstüchtig zu sein. Sie bewegte alle Finger, die meisten gehorchten, obwohl sie blutig, verschrammt und schmutzig waren. Auch schienen die Fingernägel abgebrochen zu sein. Nicht so schlimm, dachte sie, nicht so schlimm. Weitere Bestandsaufnahme. Sie konnte den Kopf bewegen, die Schultern, doch bei dem rechten Bein hörte der Spaß auf. Weißglühende Haken traktierten ihren Oberschenkel. Gleichzeitig schien das Bein anzuschwellen. Oder sie bildete sich das ein. Auf jeden Fall war dort etwas ganz und gar nicht in Ordnung. Und sie fühlte Nässe, unter sich, an den Beinen, im Schritt. Der strenge Geruch von Urin kroch ihr in die Nase und dieser Umstand beschämte sie noch mehr als der dumme Absturz. Sie tastete um sich, konnte aber ihren Rucksack nicht finden. Dann erinnerte sie sich, dass sie ihn abgesetzt hatte, um zu frühstücken. Danach … nichts. Neben sich fühlte sie raue Rinde, sie lag irgendwie eingeklemmt zwischen Erde und einem Baumstamm, wie es schien. Das Gelände war immer noch ziemlich abschüssig. Wahrscheinlich wäre sie noch weiter gefallen, hätte dieser Baumstamm sie nicht aufgehalten. Vorsichtig lehnte sie sich wieder zurück und überlegte. Dann hörte sie Ronja.

*

Der Hund stand auf dem Gipfel und blickte verständnislos seinem Menschen hinterher. Der Sturz sah gefährlich aus, trotzdem erwog sie einen Moment lang zu folgen. Wenn der Mensch es so eilig hatte, sollte Ronja vielleicht bei ihm bleiben. Andererseits hatte sie keinen Befehl zum Folgen bekommen. Als die Abwärtsbewegung zum Stillstand kam, verharrte Ronja auf ihrem Platz. Lange Minuten passierte gar nichts. Dann bewegte sich ihr Mensch, aber nicht so wie sonst. Etwas schien nicht zu stimmen. Ronja bellte leise und fragend. Es kam keine Antwort. Sie versuchte es lauter. Noch lauter. Dann hörte sie einen Schmerzlaut von unten und sie begriff. Ihr Mensch war verletzt und brauchte ihre Hilfe.

*

Anja hörte die Hündin. Sie stand, wie ein schwarzer Scherenschnitt gegen den Himmel, am Gipfel, dort wo auch sie noch vor wenigen Minuten die herrliche Aussicht genossen hatte. Anja sah nur ihren Kopf und die aufgerichteten Ohren und hörte, wie sie laut und fragend bellte. Es war vielleicht zwanzig, dreißig Meter über ihr. Sie konnte es aus ihrer Position nur schwer schätzen. Wie konnte sie ihr klar machen, dass sie zu ihr kommen musste, aber bitte nicht auf dem geraden Weg? Würde das Tier sie verstehen? „Ronja!", krächzte sie, aber ihr wurde schnell klar, dass der Hund sie nicht würde hören können. Viel zu weit weg. Viel zu hoch. Erschöpft schloss sie die Augen. Hoffnungslos, dachte sie, entweder springt sie zu mir herunter und bricht sich alle Knochen oder sie läuft, vielleicht, nach Hause. In jedem Fall bin ich verloren, das war's dann, tschüs Welt, keiner wird mich finden und mein verdammter Rucksack liegt oben. Abgestürzt und vollgepinkelt, so war mein Abschied nicht geplant. Tränen liefen ihr über die Wangen, Tränen des Schmerzes und der Verzweiflung.

*

Ronja verharrte und sah zweifelnd in die Tiefe. Ihr Mensch hatte diesen Abstieg so eilig vorgenommen, dass sie nicht in der Lage gewesen war zu folgen. Außerdem war da noch dieses Eichhörnchen gewesen, fast hätte sie es gehabt, aber nur fast. Das hatte sie abgelenkt. Aber jetzt? Sie spürte, dass sie etwas tun musste, vermisste aber klare Ansagen. Der Mensch hatte doch immer gesagt, was getan werden musste! Sie riskierte noch einen Blick hinunter, versuchte probehalber einige Schritte, aber ihr wurde schnell klar, dass sie es auf diesem Weg ganz sicher nicht schaffen würde. Doch sie musste hinunter, der Mensch würde ihr sagen, was zu tun wäre. Nur, wie sollte sie dahin kommen? Sie musste einen anderen Abstieg finden, einen weniger steilen Abstieg, vielleicht dort, wo sie heute Morgen hergekommen waren? Entschlossen kehrte sie um und folgte dem schmalen Pfad bergab.

*

Anja sah, wie Ronjas Kopf verschwand und hoffte, dass die Hündin nicht zu ihr hinunter springen würde. *Bitte, bitte, nicht, lauf wo anders lang, bitte!*, sendete sie die stumme Bitte an ihre treue Begleiterin. Dann meinte die, Stimmen zu hören und nahm all ihre Kräfte zusammen. „Hilfe, Hilfe!", schrie sie, doch es kam nur ein heiseres Flüstern. Sie musste husten und diese Bewegung sendete neue Schmerzen durch ihren Körper. Vielleicht waren auch ein paar Rippen gebrochen. Niemand wird mich finden, dachte sie, niemand. Ich kann nicht mal um Hilfe rufen. Vielleicht habe ich  Glück und es kommt ein Wolf und frisst mich auf, dann bin ich wenigstens nicht umsonst gestorben. Galgenhumor, ja ja, das fehlt noch! Sie atmete vorsichtig und behutsam, ein und aus, ein und aus, wie sie es beim Yoga gelernt hatte. *Entspann dich, entspannen, du kannst nichts tun, ruhig!*

*

Ronja lief so schnell sie konnte den schmalen Weg abwärts. Alleine war sie viel schneller als beim Aufstieg und kam schon nach wenigen Minuten an eine Weggabelung. Sie waren von geradeaus gekommen, sie konnte die Luft Verwirbelung noch deutlich spüren, aber ein Instinkt sagte ihr, dass sie nach rechts laufen sollte. Deutlich langsamer trabte sie nun durch den Wald. Immer wieder blieb sie stehen, hob die Nase und horchte. Leise hörte sie ihren Mensch, er rief etwas, aber es war kein Kommando, das sie kannte. Es kam von weiter rechts, doch da war kein Weg. Ronja entschied sich, querfeldein zu laufen. Der Weg, auf dem sie eben noch bergab gelaufen war, verschwand hinter ihr und sie lief nun parallel zum Hang. Es ging ganz gut, nur einmal rutschte sie aus und schlitterte ein paar Meter nach unten. Dann hörte sie ihren Menschen wieder und es klang bedeutend näher als vorher.

*

Anja hatte sich bewegt, weil ihr ein spitzer Stein in den Rücken drückte. *Fehler, großer Fehler*, dachte sie und schrie auf. Ihr Bein, wahrscheinlich gebrochen, konnte sie gar nicht bewegen und es schien, als ob es immer weiter anschwellen würde. Mittlerweile schmerzte jeder Teil ihres Körpers und dazu plagte sie ein unerträglicher Durst. Ronja war schon seit gut zehn Minuten verschwunden und sie machte sich große Sorgen, wo hin das Tier wohl gelaufen sei. Vielleicht nach

Hause? Aber dort wartete niemand auf sie, es würde Tage dauern, bis irgendjemandem auffiel, dass sie nicht da war und Ronja alleine im Garten lag. Zu spät für mich, dachte sie, viel zu spät. Dann wurde ihr wieder schwarz vor Augen und eine gnädige Ohnmacht umfing sie.

*

Der Geruch wurde stärker und sie wusste, dass sie ihrem Menschen näher kam. Doch es roch nicht wie sonst. Ronja konnte bedrohliche Gerüche wahrnehmen, Ausscheidungen, Blut, Schmerz. Doch sie war sich sicher, dass sie auf dem richtigen Weg war. Sie hoffte, bald ein klares Kommando zu bekommen, sie fühlte sich nicht wohl, so alleine. Doch sie musste vorsichtig sein, der Hang war hier sehr steil und an manchen Stellen, dort wo keine Wurzeln oder Büsche aus der Erde ragten, immer wieder rutschig. Langsam lief sie weiter, hier, irgendwo, musste es sein, sie schnüffelte und roch, ja, da war die Spur, ganz deutlich. Sie befand sich oberhalb des Menschen und brauchte nun bloß der breiten, glatten Rutschspur zu folgen. Dann sah sie das Bündel. Es lag ausgestreckt an einem dicken Baumstamm, der hier vor langer Zeit einmal stolz über das Tal geblickt, nun aber gefällt und tot den weiteren Absturz aufgehalten hatte.

*

Als Anja wieder erwachte, sah sie nur einen riesigen, schwarzen Schatten über sich aufragen. Mit einem erschreckten Aufschrei, der erneute Schmerz-explosionen in ihrem geschundenen Körper auslöste, wollte sie sich aufrichten, erinnerte sich aber noch rechtzeitig daran, dass das keine gute Idee war, und blieb liegen. Erst einige Sekunden später erkannte, wer da über ihr stand und fing vor Erleichterung an zu weinen. „Ronja, gutes Mädchen, hast mich gefunden!" Der Hund leckte ihr schnell über die Hand, stutzte dann und roch, mit gerunzelter Stirn wie es Anja vorkam, an den verletzten und blutigen Fingern. Dann legte sie sich neben Anja und schaute ihr erwartungsvoll ins Gesicht. Das Mobilphone, sie musste an das Mobilphone heran kommen! Ohne sich allzu viel zu bewegen, tastete sie nach den Taschen an Ronjas Weste. Die Wasserflasche hatte sie schnell gefunden und gierig nahm sie den ersten Schluck. Dann suchte sie weiter, wo war das verflixte Ding bloß? Rechts, nein, heute Morgen hatte sie es in die linke Tasche gesteckt, oder doch nicht? Panik überfiel sie, nach dem ersten Hoffnungsschimmer war es fast noch schlimmer als vorher. Hatte Ronja das Teil verloren? Nein, das war unmöglich. Die Taschen hatten feste Schnallen als

Verschlüsse, die gingen nicht einfach auf, wo war das Teil nur, wo? Dann, endlich, und fast hätte sie wieder geweint, diesmal vor Erleichterung, fanden die wunden Finger den vertrauten Umriss des kleinen Gerätes und jetzt hoffte sie nur noch, dass sie hier Empfang haben würde. Nur einen Balken, dachte sie, nur einen kleinen Balken, bitte, bitte! Sie schloss die Augen, führte das Handy vor das Gesicht und blinzelte vorsichtig auf das Display. Zwei Balken! Danke, danke, hastig wählte sie die Notrufnummer. Es klingelte. Einmal, zweimal, tut, tut, dreimal, entsetzt blickte sie auf das Display. Der Akku! Fast leer! In diesem Moment bekam sie eine Verbindung:

„Hallo, Notrufzentrale, was ...‟

„Bitte, hören Sie, mein Akku ist fast leer, ich hatte einen Unfall, bin verletzt, ich liege am Südhang des Markberges, östlich von Bruchhausen, etwa auf halber Höhe, bitte helfen Sie mir, haben Sie gehört? Hallo, hallo?‟

Stille. Das Handy war tot.

Anja hatte keine Ahnung, wie viel von ihrer Botschaft angekommen war. Am liebsten hätte sie das verdammte Handy weit von sich geworfen, aber dann dachte sie, vielleicht kann es ja geortet werden, also besser hier behalten.

„Ach, Ronja, was mache ich jetzt bloß? Wenn die mich nicht gehört haben! Keiner weiß, wo wir sind!‟ Sie verbarg ihr Gesicht im Nackenfell des Hundes und war niemals so froh um ihre Gesellschaft gewesen, wie jetzt.

Ronja legte sich eng an ihre Seite, so, als ob sie spürte, dass Anja die Wärme brauchte. Ihr Bein waren mittlerweile taub geworden, *wenigstens keine Schmerzen mehr*, dachte sie dankbar. Die Mittagssonne schien senkrecht auf das ungleiche Paar herab und es wurde sehr warm. Doch Anja fror. Der harte Baumstamm in ihrem Rücken hinderte sie zwar daran, weiter abzurutschen, bot aber wenig Wärme. Ronja kroch weiter an sie heran. Der Hund hechelte, hatte sicher auch Durst. Anja kippte ein wenig Wasser in ihre hohle Hand und Ronja leckte sie dankbar ab. Einmal erhob sie sich und lief ein paar Schritte fort, kam aber sofort wieder. Anja schlief ein, oder wurde ohnmächtig, sie wusste es nicht mehr. Als sie erwachte, war die Sonne schon weit über dem Zenit und lange Schatten wuchsen aus den Tannen. Sie suchte in den Taschen von Ronjas Weste nach der Rettungsfolie, hatte aber vergessen, welche Seite warm hielt und welche Seite kühlen sollte. Sie hatte Probleme, die Folie auseinanderzufalten, legte sie dann über sich, aber es schien immer kälter zu werden. Das Wasser war zur Neige gegangen und mit jeder Minute, die verstrich, starb auch ein Stückchen Hoffnung. Es würde niemand kommen, nein, bald wäre es dunkel und dann … aus. Diese Nacht würde sie nicht überleben. Sie drückte Ronja an sich und wünschte verzweifelt, es solle ein Wunder geschehen. Dann wurde sie wieder ohnmächtig.

*

Sie erwachte in der Dunkelheit und war alleine. Ronja war weg. Sie wollte rufen, aber ihr Mund war so ausgetrocknet, dass sie keinen Laut hervorbrachte. Sie hörte Stimmen, glaubte aber fest, dass sie halluzinierte. *Stimmen, hier, mitten in der Nacht, wer sollte denn hier herum laufen? Nein, das war unmöglich.* Sie hörte Gebell. Ronja war wieder auf der Jagd. *Verdammt, warum fing sie jetzt damit an, sie hatte noch nie gejagt, warum jetzt?* Sie sah Scheinwerfer. *Ja, sicher, Autos, die hier herum fahren, jetzt bin ich total übergeschnappt. Oder träume ich? Bestimmt träume ich.* Sie fühlte eine Hand, die sie sanft im Gesicht berührte. Sie wollte sie wegschieben, wusste aber nicht mehr, was man dafür tun musste.

„Hallo, hallo, hören Sie mich?"

Eine tiefe Stimme, unbekannt, sie versuchte, die Augen zu öffnen, aber das war viel zu viel Mühe. Sie wollte wieder in die schmerzlose und traute Umarmung der Ohnmacht zurück sinken, wehrte sich gegen die Hände, die sie herausholen wollten. Dann zwei andere Stimmen, Hände die sie abtasteten. Das letzte, was sie hörte, bevor sie wieder ohnmächtig wurde, war die tiefe Stimme, die sie zuerst vernommen hatte: „Ohne den Hund hätten wir sie nie gefunden! Wahnsinn, wie der uns hier her gelotst hat! Kommt, anfassen, Trage, wir müssen uns beeilen, sie von dem Berg herunter zu bringen. Und achtet darauf, dass dem Hund nichts passiert …"

# Ein Männlein steht im Walde

Wenn ich an meinem Schreibtisch sitze, dann sehe ich durch das vor mir liegende Fenster direkt auf den Saum des nahen Waldes. Eigentlich ist es kein richtiger Wald, sondern der Beginn des Renaturierungsgebietes. Also eher ein undurchdringliches Dickicht aus den unterschiedlichsten Bäumen und Büschen. Es kostet uns nicht unbeträchtliche Mühen, diese Massen von Pflanzen im Zaum zu halten. Ohne monatliches Zurückschneiden würden sie bald zu uns überwuchern, denn hier gibt es viel mehr Sonne und Wasser als in der Überbevölkerung drüben. Um das Sonnenlicht durch allzu hohe Bäume nicht auszuschließen, dürfen wir die ersten drei Meter auf der anderen Zaunseite auch in der Höhe beschneiden. Daraus resultieren etliche Baumstümpfe, die wir auf überschaubare zwei Meter Höhe heruntergestutzt haben. Diese Stümpfe schlagen nach einem Jahr schon wieder kräftig aus, ebenso werden sie sehr schnell von Efeu überwachsen. So sehen manche aus wie grüne Laubmännchen mit einem wilden Schopf aus langen Zweigen.

Ich liebe es, den Lauf der Jahreszeiten in diesen grünen Büschen abzulesen. Besonders im Frühjahr. Dann ist endlich die kahle Zeit vorbei, in der sich die nackten Äste und Zweige frierend und um Wärme bettelnd in den Himmel recken. Manchmal dauert es lange, bis die ersten Knospen aus der Rinde schauen, aber wenn, dann geht es sehr schnell bis die grüne Wand wieder prall voller Leben ist. Am Morgen mache ich es mir an meinem Arbeitszimmerfenster bequem. Ich genieße diese frühe Stunde, in der ich beobachte, wie die Büsche zum Leben erwachen, sich die unterschiedlichsten Vögel über die Körner hermachen und manchmal kommen auch die Eichhörnchen aus ihren Verstecken und tun sich an dem Futterhäuschen gütlich. Mitten vor dieser grünen Wand steht mein Lieblingsmännchenbaum. Wir haben ihn vor zwei Jahren gestutzt und im letzten Sommer sah es so aus, als wären wir dabei zu überschwänglich vorgegangen. Nur schnell wachsender Efeu begrünte ihn. Im Winter sah es so aus, als ob er eine Hose anhätte. Mittlerweile trägt er ein kurzärmeliges Hemdchen aus Efeublättern und aus dem oberen Teil sprießen Zweige, an denen schon vorwitzige Knospen haften. Wie eine wild wuchernde Afro-Mähne sieht das aus. Dazu haben wir an der einen Seite einen dicken Aststumpf stehen lassen, so dass mein Laubmännchen mir jeden Morgen fröhlich zuwinkt, während ich meinen Tee trinke. In Anlehnung an einen nordischen Baumgeist, den Tomtegubbe, habe ich ihn liebevoll Tomtom genannt.

*

Heute ist etwas anders. Ich weiß nicht, was es ist. Etwas, das sonst üblich war, ist heute anders. Ich schaue aus dem Fenster und kann es nicht einordnen. Die grüne Wand, die vertrauten Büsche und Bäume, sogar Tomtom, alles an seinem Platz, und doch fällt mir eine Unebenheit auf, eine Welle im Zeit - Raumgefüge, die anders ist als sonst. Ich grübele noch eine Weile, aber dann ist mein Getränk kalt und ich gehe zurück in die Küche, um mir einen weiteren Tee aufzubrühen. Am Abend schaue ich noch einmal, aber mir fällt nichts auf. Dann beschließe ich, dass ich mich geirrt, und vielleicht nur die Nachwirkungen eines unguten Traumes mein Gehirn auf Abwege gebracht, hatte.

Der nächste Morgen bringt Regen. Ich sitze an meinem üblichen Platz, aber jetzt bin ich mir fast sicher. Ich rufe Jan zu mir:

„Du, sag mal, der Baumstumpf da, hat der immer schon den Ast nach links rausgestreckt? Ich bin mir fast sicher, der war sonst immer nach rechts …!"

Jan schaut auf den Baum.

„Wie kommst du denn darauf? Denkst du, der hat sich in der Nacht umgedreht? Also, ich kann mir das nicht vorstellen!" Und damit geht mein allzu pragmatisch denkender Lebensgefährte wieder in sein Arbeitszimmer.

Ich kann es mir eigentlich auch nicht vorstellen. Probehalber winke ich Tomtom zu, aber der winkt natürlich nicht zurück. Nur der leise Wind bewegt die Zweige. Natürlich nur der Wind. Was sonst.

Trotzdem … irgendwie ist mir diese Sache nicht geheuer und ich beschließe, in den nächsten Tagen mein Laubmännchen Tomtom genau zu beobachten. Weht ein Wind oder warum bewegen sich die Zweige? Könnten sich Vögel oder Eichhörnchen darin aufhalten? Wie viele Gründe kann es geben, dass Zweige und Laub hin und her wehen? Bewegt sich das andere Grünzeug auch oder nur Tomtoms Haare und sein Arm? Langsam verbringe ich mehr Zeit damit als mit meiner Arbeit. Eine Woche später verpasse ich fast einen wichtigen Termin, bloß weil ich Tomtom nicht aus den Augen lassen will und beschließe, dass es nun genug ist. Tomtom ist ein Baum und nur weil ich ihm einen Namen gegeben habe, wird er nicht lebendig, läuft herum oder gibt mir Zeichen! Punkt.

Nun ist eine Sache, solches zu beschließen, aber eine völlig andere, dieses auch umzusetzen. Trotz meines Entschlusses, Tomtom zu ignorieren, ertappe ich mich immer wieder dabei, dass ich ihn heimlich beobachte. Wie ich immer wieder das Unterholz, die Zweige, das Blattwerk studiere und nur darauf warte, dass sich etwas verändert, dass mir etwas auffällt. Dann schimpfe ich mit mir, rufe die Vernunft auf, mit der ich mich bisher reichlich ausgestattet sah. Trotzdem meine ich immer wieder, kleine Veränderungen wahrzunehmen. Stand Tomtom gestern nicht ein wenig weiter rechts? Bewegen sich die Zweige, obwohl kein Lüftchen weht? Bin ich mir sicher, dass der Arm schon immer in diesem Winkel stand? Langsam beginne ich, an meiner Wahrnehmung und an meinem Verstand zu zweifeln, traue mich aber nicht, diese Überlegungen mit Jan zu teilen. Ich bin geradezu besessen von diesem Baum. Ich fertige Zeichnungen an, mache verschiedene Fotos, die ich immer wieder mit dem aktuellen Original vergleiche. Ich beschaffe mir ein Bildbearbeitungsprogramm, mit dem ich die verschiedenen Fotos übereinander schieben kann und so selbst die kleinsten Veränderungen sichtbar mache. Aber immer wieder macht mir die wuchernde Botanik einen Strich durch die Rechnung. Das Grünzeug wächst so schnell, da kann man ja schon zusehen und natürlich sieht es jeden Tag anders aus. Auch ohne Tomtoms eingebildeten Standortwechsel.

Eine Woche später muss Jan für eine Woche nach Berlin und ich bleibe allein in unserem Haus zurück. Das macht mir nichts aus. Am ersten Abend setze ich mich an meinen Lieblingsplatz und beobachte, wie die Sonne hinter den Wipfeln des Waldes versinkt. Wie sich langsam die  Dämmerung ausbreitet und die Büsche und Bäume in nicht mehr als dunkle Schemen verwandelt. Und wie die Waldbewohner langsam verstummen und sich die nächtliche Stille über uns senkt. Das letzte, das ich sehe, bevor es ganz dunkel wird, ist Tomtom. Von ihm scheint so eine Art Glühen auszugehen, aber das sind wahrscheinlich nur die letzten Sonnenstrahlen, die sich irgendwo in einer Scheibe spiegeln und seine efeubewachsene Gestalt treffen.

Die Träume fangen Freitagnacht an. Zuerst träume ich, dass ich in meinem Zimmer sitze und Tomtom beobachte, während ich meinen Tee trinke. Der Wald ist dicht und strotzt vor Gesundheit. Tomtom steht mittendrin wie eine

Festung. Seine Efeubekleidung ist dunkelgrün, seine Haarzweige sind voller Knospen und schwer. Die Spitzen neigen sich nach unten. Der Stumpf mit den üppig wuchernden Handzweigen ist ausgestreckt und dort kann ich die ersten, winzigen Blätter sehen. Unter dem Zweigenbüschel der Haare öffnen sich plötzlich zwei hellgrüne Augen und schauen mich an. Sie mustern mich prüfend, dann fährt ein Windstoß durch die Zweige und ich sehe nur noch Blätter und Efeu. Ich erwache und empfinde ein Gefühl tiefen Friedens. Ich fühle mich sicher und beschützt.

Als ich wieder einschlafe, bin ich total entspannt und erwarte irgendwie, dass der schöne Traum eine Fortsetzung erfährt. Doch was ich jetzt sehe, erschreckt mich zutiefst. Ich sehe mein Haus so wie Tomtom es sehen würde, wenn er sehen könnte. Ich schaue durch die bodentiefen Fenster in das Arbeitszimmer und ich sehe mich. Ich sitze an meinem Tisch, mit meiner Lieblingstasse in der Hand, aus der ich ab und zu nippe. Es scheint früher Morgen zu sein, denn die Sonne geht gerade über dem Dachfirst auf. Auf meinen Oberschenkeln kribbelt etwas und als ich an mir herunterschaue, sehe ich den efeubewachsenen Stumpf meines Körpers und eine Mäusefamilie, die sich zwischen meinen Wurzeln eine Höhle gegraben hat. Zwei der winzigen Mäuse hangeln sich gerade an mir hoch, halten sich an dem Efeu fest, bis sie fast auf Augenhöhe sind. Ich kann nicht widerstehen und mache leise: „Buh!" Die Winzlinge quieken erschrocken auf und sind in Windeseile verschwunden. Dann öffne ich die Augen noch weiter und fokussiere die Frau mit der Teetasse. Ich weiß, dass ich das bin, aber ich weiß auch, dass ich Tomtom bin. Als die Frau in dem Haus den Kopf hebt und ihr Blick meine Augen treffen, erschrickt sie und lässt die Tasse fallen. Ich fahre hoch … und erwache.

Schwitzend liege ich da und lausche der Stille des Hauses. Ich bin total verwirrt und desorientiert und ich kann in dieser Nacht nicht mehr einschlafen.

Samstagnacht habe ich ähnliche Träume. Aber es fallen mir immer mehr Einzelheiten auf. Einmal sehe ich, wie unsere Rollläden hochgefahren werden und auch, wie Helene von gegenüber an unserer Haustür schellt. Eine streunende Katze schleicht durch den Garten, springt dann auf den Zaun und verschwindet hinter mir im Wald. Dann sehe ich plötzlich dieselbe Katze, wie sie auf Tomtoms Kopf sitzt und gierig nach den Mäusen schaut. Es wird immer verwirrender. Mal bin ich Ich, dann wieder Tomtom, dann scheint es mir, als ob ich beide gleichzeitig bin. Erholsam ist diese Nacht auch nicht und am Morgen bin ich dementsprechend schlecht gelaunt. Noch dazu ist dieser Morgen wolkenverhangen und ein unkontrollierter Platzregen erwischt mich, als ich vom Einkaufen zurückkomme. Ich mache mir etwas zu essen und entschließe mich dann dazu, mir einen Mittagsschlaf zu gönnen. Dazu lege ich mich im Arbeitszimmer auf das Sofa. Ich schaue auf den Wald, tropfend von allen Zweigen, auch am Futterhäuschen ist keine Bewegung zu sehen. Irgendwo verstecken sich die kleinen Waldbewohner und warten wie ich auf die Rückkehr der Sonne. Während ich noch darüber sinniere, schlafe ich ein.

In diesem Traum sehe ich, wie ich auf dem Sofa liege und schlafe. Aber ich stehe draußen, dicht vor dem Fenster und schaue hinein. Ich bin Tomtom und ich bin aus dem Wald gekommen. Ich bin über den niedrigen Zaun gestiegen, hierhergekommen und schaue mir beim Schlafen zu. Als ich das begreife, überfällt mich eine panische Angst und ich schrecke hoch. Natürlich steht der Baum nicht auf meiner Terrasse und natürlich schaue ich mir nicht selber beim Schlafen zu. Alles ist wie immer. Es hat aufgehört zu regnen und erste, vorwitzige Sonnenstrahlen lugen durch die noch dichte Wolkendecke. Ich gehe nach draußen und genieße die frische Luft. Dann nehme ich mir einen Besen und fege die Terrasse. Während ich schlief, muss ein heftiger Wind aufgekommen sein, denn der fliesenbedeckte Boden ist voller Efeublätter. Als ich damit fertig bin, verziehe ich mich mit einem Buch in meinen Lesesessel und lasse Zeit und Raum hinter mir.

Das Buch ist spannend und ich merke gar nicht, wie sich die Dämmerung senkt. Erst als es zu dunkel ist zum Lesen, schaue ich hoch. Nanu, schon so spät? Wo ist denn der Nachmittag geblieben? Ein bisschen Hunger habe ich auch. Ich bereite mir einen kleinen Snack, gieße frischen Tee auf und schalte meine Leselampe ein. Dann versinke ich wieder in meinem Roman.

Eigentlich erwarte ich, in der Nacht von dem Buch zu träumen, das mich an diesem Tag so gefesselt hat. Aber ich träume wieder von Tomtom. Mit leiser Verwunderung sehe ich, wie Tomtom über den Zaun steigt und näher ans Haus kommt. Dabei umweht ihn ein Vorhang aus Efeu. Seine Kopfzweige schwanken und wogen, der Stumpf seines Armes scheint gewachsen zu sein und die Zweige an dessen Ende ähneln mehr denn je einer großen Hand. Mit langsamen, gleitenden Bewegungen kommt er über den Rasen und nähert sich. Dabei fixieren mich seine grünen Augen. Ich kann seine Gedanken hören. Er ruft mich und ich weiß, dass ich ihm folgen muss. Er steht vor der Terrassentür und ich öffne sie für ihn, aber er kommt nicht ins Haus. Ich trete hinaus, stehe mit ihm auf der mondbeschienenen Terrasse. Er dreht sich um und wir schauen gemeinsam in den dunklen Wald. Dann geht er los und ich folge ihm. In mir ist nichts als Frieden und Freude. Nur ganz entfernt, am Rand meiner Wahrnehmung, empfinde ich eine dunkle Bedrohung, aber sie ist sofort wieder verschwunden. Im Wald angekommen stellt sich Tomtom auf seinen Platz, dann öffnet er, einer großen, klaffenden Wunde gleich, seinen Stamm. Ich sehe das helle Holz, durchzogen von feinen Adern und Verästelungen, lebendig, lockend, Geborgenheit versprechend. Ein warmes Leuchten geht davon aus. Zögernd strecke ich eine Hand aus, taste nach dem Holz, fühle seine Rauheit, seine Weichheit. Nichts scheint mir erstrebenswerter, als mit ihm zu verschmelzen. Ich trete etwas näher, meine Hand versinkt bis zum Ellenbogen in dem Holz. Ich fühle den sanften Zug, der davon ausgeht. Ich stehe nun ganz dicht vor Tomtom, lege meine Lippen, meine Stirn an ihn und fühle, wie sich die raue Borke hinter mir schließt. Dann versinke ich in ihm.

*

Später erwache ich. Um mich herum ist es dunkel und warm. Ich greife um mich, spüre aber nur sanften Wind und Sonnenwärme. Leises Rascheln ist um mich, so wie Blätterflüstern im Wind. Dann öffne ich die Augen und sehe das Haus. Ich sehe Jan, er ist von seiner Reise zurück. Ich sehe, wie er durchs Haus streift. Er hat seine Reisetasche im Schlafzimmer abgestellt und eilt nun durch alle Zimmer. Ich kann ihn nicht hören, aber ich sehe, wie er seine Lippen bewegt und nach der Frau ruft. Doch er findet sie nicht. Niemand wird sie finden. Sie ist jetzt bei mir. Ich bin Tomtom, der Tomtegubbe.

# Die rote Tür

Nachdenklich betrachtete er die Tür. Sie war aus Holz, mit kunstvollen Schnitzereien versehen und blutrot. Das Rot war von solch tiefer Intensität, dass ihm allein vom Anschauen schauderte. Aber dann, so dachte er, war sie nur passend, diese Farbe.

So stand er nun vor dieser Tür, durch die er gehen musste. Es kam ihm so vor, als sei sein ganzes, bisheriges Leben nur auf diesen einen Punkt hinaus gelaufen. Diese Tür vor ihm; er hatte es sich geschworen und er würde hindurch gehen. Dann würde sein Leben wieder einen Sinn haben, obwohl nichts mehr so sein würde wie vorher. Nichts.

Er drehte sein Gesicht zur Sonne, die ihm warm und freundlich in den Nacken schien. Ein leichter Wind wehte und in den nahen Bäumen raschelten die Blätter. Ein vorwitziges Eichhörnchen streckte seine Nase zwischen den Zweigen einer Eiche hervor und zwei verliebte Kohlmeisen tanzten einen wilden Tanz über dem dicken Ast. Etwas weiter entfernt konnte er Kindergeschrei hören, es klang wie ein Fußballspiel und noch weiter entfernt sangen die Reifen von Dutzenden Autos auf dem heißen Asphalt einer Autobahn.

Der Garten war weitläufig, gepflegt und von sauber geharkten Wegen durchzogen. Er konnte Teile davon rechts und links vom Haus erkennen, obwohl der Großteil hinter dem Gebäude lag. An den Garten konnte er sich in allen Einzelheiten erinnern, aber nicht an diese Tür. War sie immer schon in diesem intensiven Rot gewesen? Wieder betrachtete er sie. Massiv und trutzig, eine Festung, Widersachern und Eindringlingen trotzend, stark und abwehrend. Aber nicht für ihn, er war ja eingeladen, irgendwie ... für ihn würde diese Tür sich öffnen.

Rechts und links dieser trutzigen, massiven, roten Tür wuchsen Rosenranken und machten aus dem einfachen Durchgang so etwas wie ein Kunstwerk. Die Rosen waren weiß und blassrosa, sie verströmten einen intensiven Duft. Auch auf den Schnitzereien der Tür kamen Rosen vor, so schien es ihm, Rosen und geometrische Formen. Die Formen schienen ineinander zu fließen, sich zu bewegen, zu wogen. Die Schatten der Rosenblätter taten ihr Übriges, um den in

Ewigkeit erstarrten Schnitzereien Leben einzuhauchen. Manche der Formen schienen zu atmen, leise zu beben, in der Sonne zu erzittern. Das Rot der Tür wurde intensiver, je länger er darauf starrte. Die Tür selber schien zum Leben zu erwachen, wollte ihn einladen, durch sie hindurch zu treten.

Er schaute auf die Armbanduhr, die Zeit war noch nicht gekommen, noch nicht, jetzt noch nicht. Er schauderte ein wenig vor Vorfreude und eine Gänsehaut überzog seine Arme. Er ließ den Blick die Fassade emporschweifen. Die Fenster waren geschlossen und spiegelten den blauen Himmel wider. Ganz oben rechts glaubte er, eine Bewegung der Gardine zu erkennen, aber es konnte auch eine Spiegelung gewesen sein. Wenn alles nach Plan verlief, sollten sich alle Hausbewohner jetzt im vorderen Salon aufhalten. Um dorthin zu gelangen, musste er nur durch diese rote Tür gehen, schräg links durch die Eingangshalle und dann durch die zweite Türe. Der Hausherr und seine Frau, die beiden Söhne, die Frauen der Söhne, der Anwalt des Verstorbenen, die beiden Notare und natürlich auch … ja, sie auch. Auf ihr Gesicht freute er sich besonders. Und auf den Moment, wenn sie die Wahrheit erkannte, wenn sie alle die Wahrheit erkannten. Alle würden um den großen Tisch sitzen und schweigen. Warteten sie auf ihn? Bestimmt warteten sie, sie hatten ihn ja eingeladen, irgendwie...

Eine unbekannte Tatsache war, ob es in dem Haus jetzt Hunde gab. Er mochte keine Hunde. Hunde waren widerliche, schmutzige Monster, sie ließen ihre Hinterlassenschaften überall herumliegen, sie sabberten und, was am schlimmsten war, sie hatten eine ausgesprochen gute Nase. Sie rochen ihn schon von weitem, sie rochen seine Angst und er meinte, sie würden auch seine Pläne riechen können. Dann bleckten sie ihre widerlichen, scharfen Zähne, knurrten und näherten sich ihm in eindeutig feindlicher Absicht. Nein, er mochte keine Hunde, ganz und gar nicht.

Mit einem erneuten Blick auf die Uhr stellte er fest, dass es jetzt an der Zeit war. Er tat einen tiefen Atemzug, dann schritt er die zwei verbleibenden Stufen hinauf und legte seine Hand auf den schweren Türknauf aus Messing. Er hatte die Form eines kleinen Delfins, ein Delfin im roten Meer der Tür, er musste lächeln, als dieser Gedanke ihn streifte. Flüchtig überlegte er, ob es im roten Meer überhaupt Delfine gab? Doch dann richtete sich seine Konzentration wieder auf die nächsten Minuten, auf seine Aufgabe, er durfte sich nicht ablenken lassen. Man hatte ihm versichert, dass die Tür unverschlossen sein würde und er drückte sie probehalber etwas nach innen. Richtig, ohne ein Geräusch schwang sie auf und gab den Blick auf die Eingangshalle frei. Dort herrschte Dämmerlicht, fast schienen die Möbel, die Teppiche, zu blinzeln, als das helle Sonnenlicht auf sie fiel. Er verharrte einen Moment auf der Schwelle und ließ seine Augen sich an die veränderten Lichtverhältnisse gewöhnen. Dann fiel die massive, blutrote Tür hinter ihm ins Schloss und er stand im Haus.

Mit drei schnellen Schritten war er an der Tür zum vorderen Salon, riss sie auf und trat ins Zimmer. Tatsächlich, dort saßen sie alle um den großen Tisch, gerade so, wie er es voraus gesehen hatte.

Auf dem am weitesten entfernten Stuhl saß sein verhasster Bruder, der Idiot, dem sein verblödeter Vater alles vermacht hatte. Bittere Galle stieg ihm in die Kehle, als er an die letzten Worte des Alten dachte. Noch auf dem Sterbebett hatte er ihn verhöhnt. Und die Schlampe, die er seine Schwägerin nennen musste, saß zuckersüß lächelnd neben dem Idioten. Dann die beiden Söhne, dummerweise nicht seine Söhne, sondern die seines Bruders. Damit hatte alles angefangen, und geendet, natürlich, damit hatte es geendet. Dass er und seine Frau keine Nachkommen produzieren konnten. Sein Bruder hatte die geforderten Erben gezeugt, noch dazu zwei männliche Erben. Die waren in der Zwischenzeit auch nicht untätig gewesen, wie der geschwollene Bauch der einen Schlampe zeigte, welche der älteste Sohn seine Frau nannte. Schlampen, alles Schlampen! Verächtlich streifte sein Blick über die Gesellschaft und blieb schließlich an ihr hängen. Sie saß auf dem Stuhl, der ihm am nächsten stand. Sie hatte sich umgedreht, erschrocken zuerst, dann hieß sie ihn mit einem zaghaften Lächeln willkommen. Sie öffnete den Mund, als wollte sie ihn begrüßen. Aber auch sie hatte ihn verraten, sterile Schlampe, die sie war. Sein Bruder, der Idiot, erhob sich und setzte zu einer Rede an, wahrscheinlich wollte er 'Hallo' sagen oder etwas ähnlich Verblödetes. Bevor ihm aber ein Wort über die Lippen kam, hatte der Eingetretene seinen Mantel zurückgeschlagen, das Maschinengewehr in Anschlag gebracht und mit wenigen Feuerstößen die Gesellschaft niedergemäht. Dann drehte er sich um und schritt durch die blutrote Tür wieder hinaus ins Sonnenlicht.

# *Ohne Worte*

Ich lehnte mich in die Kissen und zog sie an meine Seite. Sofort schmiegte sich ihr schlanker Körper an mich und sie legte den Kopf auf meine Schulter. Ein Bein stahl sich über meine Beine und sie sah mich mit ihren unergründlichen Augen an. Lange Wimpern umrahmten die dunklen Augen, die so tief wie ein Bergsee schienen. Dann seufzte sie und die Lider schlossen sich. Ich fuhr ihr durch die kastanienbraunen Locken. Haare, so seidig und zart wie Daunen, samtig und federweich. Ich liebte diese Haare und ich liebte es, wenn sie mir erlaubte, sie zu kämmen. Dann nahm ich sie, Strähne für Strähne, ließ sie liebevoll durch meine Hände gleiten und fuhr mit dem Kamm hindurch, bis sie von allen Verknotungen befreit waren. Dann nahm ich die weiche Bürste und bürstete bis die Haare glänzten. Die Farbe war unglaublich intensiv, ein tiefes, sattes Braun mit schillernden Goldtönen darin. Bei einem bestimmten Lichteinfall glänzten sie auch etwas rötlich. Wenn sie gute Laune hatte, dann hielt sie still und genoss es. Wenn sie allerdings schlechte Laune hatte, dann durfte ich ihr mit der Bürste nicht zu nahe kommen. Sie war eine launische Diva, aber ich liebte sie trotzdem.

Sie bewegte sich leise und drückte sich noch enger an mich. Sie streckte sich und verbarg ihren Kopf in meiner Halsbeuge. Ich vernahm ihren sanften Atem im Genick und hörte die kleinen Laute, die sie machte, wenn sie an mir roch und mit der Zunge über meine Ohrläppchen strich. Ich fuhr mit der Hand ihren Rücken hinunter, fühlte die einzelnen Wirbel, die sich spitz durch die Haut drückten. Ich dachte manchmal, sie wäre zu dünn. Doch schien dies ihr Wohlfühlgewicht zu sein, denn sie konnte essen so viel sie wollte, sie nahm nicht an Gewicht zu. Das lag sicher auch daran, dass sie selten so still lag, wie jetzt. Sie war eine quirlige Teufelin, liebte lange Wanderungen mehr als ausgiebige und faule Nachmittage.

Ich langte mit der Hand bis zum letzten Wirbel im Rücken hinunter, dann strich ich wieder hinauf bis zum Nacken. Ich liebkoste ihren Hals, ihre Ohren, streichelte die Wangen und die Augenbrauen. Mit einer Drehung dehnte sie sich und lag nun auf dem Rücken. Präsentierte mir ihren nackten Bauch und die

Brust. Ich liebkoste die weiche, zarte Haut am Unterbauch und die Leistengegend. Dort konnte ich am ehesten ihren Pulsschlag spüren, schwach, aber regelmäßig.

Ich fuhr über die Innenseiten der Oberschenkel, dort war sie ein wenig kitzlig und ihr Bein zuckte unkontrolliert. Ich fuhr mit dem Finger über die kleinen Nippel bis zu den Armbeugen, die ebenso haarlos waren wie die Leisten. Ich ließ meine Hand über ihren Brustkorb gleiten. Wenn ich die Hand still hielt, dann konnte ich ihren Herzschlag spüren, schwach, aber beruhigend regelmäßig. Dabei hoben und senkten sich ihre Rippenbögen mit jedem Atemzug, dehnten den Brustkorb, zogen ihn wieder zusammen. Sie hatte es besonders gerne, wenn ich sie mit beiden Händen im Brustbereich massierte, dabei dehnte und streckte sich noch ein bisschen mehr. Mit einem zufriedenen, tiefen Grunzen öffnete sie die Augen und sah mich erwartungsvoll an. Ich wusste, was sie nun wollte, und ich würde es ihr geben. Ich griff über sie hinweg, zum Nachttisch, dort lag, was ich brauchte, um sie glücklich zu machen...

Mit einem Ruck flog die Schlafzimmertüre auf und mein holdes Eheweib stand im Rahmen. „Da bist du ja! Ich brauche deine Hilfe, kommst du bitte? Und untersteh dich, den Hund schon wieder im Bett zu bürsten!"

# Winterhochzeit

Jana streckte sich und schaute über den Rand ihrer Decke zum Fenster. Die Sonnenstrahlen tasteten sich zögernd über die Fensterbank, schlichen über den Kleiderschrank und blieben schließlich am Türrahmen stehen. Wie schon so viele Morgen zuvor genoss sie die letzten Minuten im warmen Bett und kuschelte sich noch einmal in die Kissen. Sie schloss die Augen, ließ sich noch einmal sinken, versuchte den Traum der Nacht ein wenig länger fest zuhalten.

*Mein letzter Morgen, heute passiert es! Heute ist der Tag! Ich weiß es und dann ... werde ich nie mehr in diesem Bett aufwachen!*

Natürlich wusste sie, welcher Tag heute war. Sie wusste auch, dass die Aufregung um ihren Hochzeitstag schon seit Tagen, ach was, seit Wochen, die Familie auf Trab gehalten hatte. Trotzdem wollte sie den letzten Morgen in ihrem eigenen Bett noch auskosten. Der letzte Morgen ihrer Kindheit, der letzte Morgen im elterlichen Haus.

Sie lauschte, rief da schon die Mutter zum Frühstück? Nein, unten war alles still. Ein Blick zur Uhr zeigte ihr, dass sie noch eine halbe Stunde Zeit hatte. Sie zog die Decke ein wenig höher und schloss die Augen.

*Nur noch ein bisschen, ein paar Minuten...*

*

Sie hörte leise Schritte auf der Treppe und flüsternde Stimmen verharrten vor ihrer Tür. Der Tür Knauf drehte sich langsam und ihre kleine Schwester steckte die vorwitzige Nase um die Ecke.

„Bist du schon wach? Sollen wir dir helfen?"

Die Mädchen hinter ihr sahen, dass Jana sich regte und stürmten mit einem Freudenschrei ins Zimmer. In einem Wirbel von Armen, Beinen, fliegenden Röcken und Wolljacken wurde sie aus dem Bett gezerrt und in Windeseile in warme Untersachen und Kleider gehüllt.

„Langsam", rief sie lachend: „Lasst mir doch ein bisschen Zeit!"

Doch ihre Kusinen und Nina setzten sie auf den Hocker, Magy zog ihr die warmen Hausschuhe an, Zoe kämmte ihre widerspenstigen, schwarzen Haare, Billie und Nora umarmten sie von hinten.

„Mutter Tara hat gesagt, wir sollen dich an deinem großen Tag noch schlafen lassen, aber jetzt hast du echt genug geschlafen! Es wird Zeit, komm nach unten. Mutter hat die Pfannkuchen und den Speck schon vorbereitet. Außerdem haben wir auch Hunger und sie hat gesagt, wir bekommen nichts, bevor du wach bist!"

Lachend zogen sie an Jana und alle holperten und sprangen übermütig die Stiege zur Küche hinunter. Tara und Bill saßen schon am Küchentisch. Bill lachte:

„Endlich! Langschläfer! Jetzt gibt es endlich Frühstück! Komm, Mutter, ich habe einen Mordshunger!"

Unter viel Gelächter, Geplapper und Tellerklappern stellten sich die Mädchen an und holten ihr Frühstück. Tara stand am Herd, brutzelte und kochte und nur manchmal stahl sich ein leises, wehmütiges Lächeln über ihre Lippen. In der gemütlichen Küche war es warm, der wärmste Raum im Haus. Ganz im Gegensatz zu der winterlichen Kälte vor den Fenstern.

Der schneebedeckte Hügel, der sich in einer sanften Wölbung bis zum See erstreckte, der Wald mit den kahlen Bäumen, die hohen Wipfel der Tannen am anderen Seeufer, alles glitzerte und gleißte im Sonnenlicht.

„Hast du das Kleid schon auf gehangen?", fragte Nina eifrig und Jana nickte.

„Im Wohnzimmer, ich brauche nur noch das geliehene Strumpfband. Das wollte Billie mitbringen. Hast du?", wandte sie sich an ihre Kusine.

„Natürlich! Ach, Jana!" Überschwänglich umarmte sie Jana. „Ich freue mich so!"

Bill nickte ernst. Stolz blickte er seine Tochter an. Wie sie heute Morgen strahlte, ihr großer Tag!

Tara wandte sich ab. Verstohlen wischte sie eine Träne von ihrer Wange. Ihr wurde das Herz schwer, wenn sie daran dachte. Doch heute war der Tag der Vermählung. Das war beschlossene Sache. Es konnte nicht mehr rückgängig gemacht werden.

Die Mädchen erhoben sich und stürmten ins Wohnzimmer.

„Wie spät ist es? Wie spät ist es?"

„Erst zehn Uhr, wir haben noch Zeit, der Treffpunkt ist erst um 15 Uhr, das wisst ihr doch, wir haben doch alles punktgenau besprochen, kein Grund, jetzt schon zu hetzen!"

Bill beruhigte die aufgeregte Schar und seufzte.

„Bin ich froh, wenn alles vorbei ist!"

„Ich nicht!" erwiderte Tara scharf. „Ist schließlich auch meine Tochter!"

Im daneben liegenden Wohnzimmer scharte sich die aufgeregte Mädchenschar um Jana. Nora und Zoe, beide etliche Jahre älter als die Braut, machten sich daran, die komplizierte Frisur aufzustecken. Nora nahm die üppigen Locken in die Hand und sagte bewundernd:

„Deine Haare sind echt der Hammer! Ich wünschte, meine wären nur annähernd so...!"

Dabei nahm sie ihren spärlichen Zopf und legte ihn auf Janas Locken. Zoe antwortete energisch:

„Schluss damit, wir haben zu tun!"

Mit großem Geschick und etlichen Haarnadeln, Klammern und Haarspray wurde die Haarpracht zu einem luftigen Gebilde aufgesteckt. Dann wurden einige Haarsträhnen hervor gezogen und zu kurzen, drahtigen Locken gebrannt. Mit weißen Rosen, wegen der Jahreszeit aus Seide geformt, wurde die Pracht schließlich abgerundet. Nach der Frisur kam das Make-up, das war Magys Spezialität. Nora ging in die Küche, um für die hart arbeitenden Mädchen eine Kanne Tee zu kochen und Tara von den Fortschritten zu berichten.

„Die Frisur ist fertig, ist richtig gut geworden. Hoffentlich regnet es nachher nicht, dann wäre alles umsonst gewesen!"

Doch ein Blick aus dem Fenster zeigte einen kristallklaren, blauen Himmel, von dem eine üppige Wintersonne strahlte.

„Nein, ich denke nicht. Was meinst du, Mutter Tara, wird Jana es schaffen?"

Tara trat neben Nora ans Fenster und legte einen Arm um ihre Schultern.

„Ach, Nora...!"

Zum Mittagessen nahmen die Mädchen wieder in der Küche Platz. Jana nahm sich nur einige winzige Löffel der Suppe und schob dann ihren Teller weg.

„Ich esse lieber nichts mehr, sonst passe ich nicht in das Kleid! Das wäre ja was, wenn mir auf dem Weg die Nähte platzen! Wer von euch nimmt denn Nadel und Faden mit?", fragte sie lachend in die Runde. Bill hatte dem Wein schon reichlich zugesprochen und sein gerötetes Gesicht strahlte, während Tara still vor ihrem noch halbgefüllten Teller saß. Die Mädchen nahmen das Thema sofort auf und es entbrannte eine lebhafte Diskussion über Sinn oder Unsinn eines üppigen Mahles vor der großen Stunde.

„Du solltest dich stärken, wer weiß, was danach auf dich zukommt?!", meinte Magy und Zoe pflichtete ihr bei:

„Ja, vielleicht bekommst du tagelang nichts zu essen und musst nur...!", aber Tara fiel ihr scharf ins Wort:

„Genug davon, alle jetzt aber flink ins Wohnzimmer und helft Jana beim Ankleiden, es ist fast zwei Uhr, wir müssen langsam los!"

„Aber die Sonne steht doch noch so hoch!", warf Billie ein.

„Sie sinkt schneller am Nachmittag. Gerade heute zur Wintersonnenwende. Glaubt mir, ich habe schon so einige dieser Tage miterlebt, da darf man die Schnelligkeit des Sonnenuntergangs nicht unterschätzen. Wir wollen doch nicht zu spät kommen, oder? Dann wäre alles umsonst gewesen!"

Damit stellte Bill sein Glas ab und erhob sich. Er als der Brautvater musste sich natürlich auch noch fertig machen und seinen guten Anzug, der schon im Schlafzimmer bereit hing, anziehen. Denn heute würde er seine schöne Tochter übergeben und der gesamten Siedlung die Sicherheit verschaffen, die sie zum Überleben brauchte.

Die Sonne stand knapp über den hohen Wipfeln der Tannenschonung, als die Gesellschaft sich auf den Weg machte. Über ihrem prächtigen weißen Kleid trug Jana einen dicken Pelz, der ihr bis auf die Schuhe fiel. Damit sie auf dem eisigen Boden nicht ausrutschte, hatte sie sich bei Bill eingehakt. Er legte seine Hand auf ihre und drückte ihre Finger, dann lächelte er ihr zu und nickte zustimmend.

„Du bist wunderschön, du wirst diejenige sein, ich weiß es!"

Damit schritt er voran, Jana straffte ihren Rücken und passte sich seinem Tempo an. Hinter ihr liefen Nina und ihre Mutter, Magy, Billie und Nora und Zoe bildete den Schluss. Der winterliche Wald wurde etwas dichter und die Schneehüte auf den Zweigen nickten ihnen freundlich zu. Der Weg, schnurgerade und breit genug für Vater und Tochter, bildete nach einer kurzen Strecke eine Kreuzung. Rechts ging es zurück zur Siedlung und Jana konnte die Menschenmenge sehen, die sich wie sie auf den Weg zum See machte, denn alle wollten dabei sein.

Die nächste Biegung gab den Blick auf den See frei. Die Wipfel der Tannen am anderen Ufer schienen in Flammen zu stehen und ihre Schatten schickten lange, dunkle Zacken über die Eisfläche.

„Ich bin stolz auf dich! Du machst es, das weiß ich!", flüsterte Bill ihr ins Ohr. Sie trat wenige Schritte neben ihm dicht ans Ufer und spürte, wie die Familie hinter ihr zurück wich. Sie wollte sich umdrehen, um einen letzten Blick auf die Liebsten zu werfen, konnte sich aber gerade noch ins Gedächtnis rufen, dass das nicht erlaubt war. Auch sie richtete den Blick fest auf die glatte Eisfläche. Da erklang ein raues Reißen und Ächzen. Die unberührte Fläche schien zu beben, als ob der zugefrorene See atmen würde. Langgezogen und schwerfällig, einmal, zweimal, dann brach mit einen lauteren Ächzen ein meterlanger Riss durch das Eis, der sich bis zu ihren Füßen fortsetzte. Luftiger Schnee flog in die Höhe und stob beiseite, als sich wenige Meter vom Ufer entfernt der aufgerissene Spalt verbreiterte und eine Wasserfontäne in die Höhe schickte.

Gebannt beobachtete Jana das Schauspiel. Ihr wurde schwindlig und gleichzeitig fröstelte sie. Sie zog den warmen Pelz dichter um ihr Schultern und richtete den Blick unverwandt auf die aufsteigende Wassersäule. Sollte sie nicht Angst haben? Sie konnte selber nicht glauben, dass sie so ruhig war, fast in freudiger Erwartung.

In der Mitte der Fontäne schob sich ein hellgrüner Schatten empor. Mit jeder Sekunde wurde er dichter und schließlich stand der Wassergeist mit beiden Füßen auf den Rändern des aufgebrochenen Spaltes. Um seine Füße wirbelte und schäumte der See. Sein Mantel bestand ganz aus Wasserrosen und auf dem Kopf trug er eine Krone aus Schilf. Seine Augen glühten und der Blick, mit dem er Jana maß, war freundlich.

„Du!", dröhnte seine Stimme über das Eis. Das Echo schien mehrmals zwischen den Wäldern an den Seeufern hin und her zu springen. „Wie heißt du?"

„Jana!"

„Schön, dass du pünktlich bist! Ich warte nicht gerne!"

Sie nickte und schaute zu ihm auf.

„Komm zu mir, Jana!"

Jana stand wie angewurzelt auf dem kalten Sand. Hinter sich konnte sie ihre Mutter leise weinen hören. Sie wollte sich umwenden, ihr einen tröstenden Blick zuwerfen, sie beruhigen.

*So schlimm wird es nicht werden, Mutter, es wird alles gut und bald komme ich zu euch zurück, das weißt du doch, ich bleibe nicht für immer fort, nur bis zur nächsten*

*Wintersonnenwende. Dann komme ich wieder, wie all die Frauen vor mir ... und wenn ich es schaffe, dann muss nie wieder eine Braut zu ihm in die Tiefe steigen. Mutter, beruhige dich!*

„Komm jetzt!", rief der Herr des Sees. „Es wird Zeit! Du weißt doch, was deine Pflicht ist?!"

Jana nickte und holte tief Luft. Sie tat einen Schritt auf das Ufer zu, dann noch einen. Die Schatten der Tannen waren schon bis zur Hälfte des Sees vorgerückt und erreichten fast die Füße des Wassergeistes auf den Rändern des aufgerissenen Spaltes. Jana spürte, wie das kalte Seewasser ihren Schuh durchnässte, dann trat sie auch mit dem zweiten Fuß in den See. Schließlich stand sie im Wasser und der Saum ihres Kleides schwamm auf der Oberfläche. Sie war ein wenig verwundert, dass ihr plötzlich gar nicht mehr kalt war. Obwohl doch das Wasser eisig war. Nur noch wenige Meter, dann würde sie seine Hand greifen und mit ihm ... noch einen Schritt, und noch einen ... schon reichte ihr das Wasser bis an die Knie. Seine ausgestreckte Hand war nur noch Zentimeter von ihren Fingern entfernt. Um das Gleichgewicht nicht zu verlieren, streckte sie auch die zweite Hand nach ihm aus. Dabei rutschte der Pelz von ihren Schultern und glitt ins Wasser. Die kalte Luft an ihren nackten Schultern ließ sie frösteln. In diesem Moment legte sie ihre Finger in seine Hände und fühlte...

*

… eine Hand auf ihrer Schulter und hörte die Stimme ihres Vaters:

„Jana, beeil dich, es wird Zeit!" ... und mit einem Ruck erwachte sie und blickte in das ernste Gesicht ihres Vaters. Die Sonne glühte hinter ihm durch das Fenster und ließ seine spärlichen Haare aufleuchten. Bill drehte sich um und sagte: „Beeil dich, dein Bräutigam wartet! Du weißt doch, wie wichtig es ist, dass wir pünktlich sind! Er wartet nicht gerne!"

# Der Traum

## Heute

Mein ganz persönlicher Albtraum hat vor einer Woche angefangen und ich habe seit dem kaum mehr geschlafen. Wenn ich an einem Spiegel vorbei schleiche, dann vermeide ich es, hinein zu schauen. Den Badezimmerspiegel habe ich abgehangen, deswegen kann ich mich auch nicht mehr rasieren. Anfangs hat es ziemlich gejuckt, aber auch daran habe ich mich gewöhnt, genauso wie an die schlaflosen Nächte. Woran ich mich nicht gewöhnen konnte, war mein abgezehrter Anblick. Wenn es jetzt dunkel wird, dann schließe ich alle Gardinen und knipse sämtliche Lampen an. Dann warte ich...

## Eine Woche zuvor

Ich erwachte mit einem Ruck und starrte mit aufgerissenen Augen in die Dunkelheit. Ich hatte ja schon öfter Albträume gehabt, aber so etwas...

*Wow, was ist das denn? Bin ich jetzt endlich wach oder träume ich immer noch?*

An der gegenüberliegenden Wand war schwach die Projektion des Weckers erkennbar: 2:34Uhr. Ich tastete nach dem Schalter der Nachtischlampe. Nichts. Ich drückte noch einmal. Nichts.

*Verdammt, verdammt, verdammt!*

Ich lauschte mit angehaltenem Atem, jedoch war kein anderes Geräusch als das Rauschen des Blutes in meinen Ohren und das angstvolle Schlagen des Herzens zu hören, oder...? Da, ein feines Kratzen, ein winziges Schaben, wo kam das her? Nein, da war doch nichts. Nur Stille. Eine Nachwirkung des Traumes, der mich nun endlich aus seinen Klauen entließ.

Ich ließ mich in die Kissen sinken und versuchte, mich zu entspannen.

*Es war nur ein Traum, nichts Reales, nur ein Traum. Und der ist jetzt vorbei, ich bin wach!*

Langsam normalisierte sich mein Herzschlag wieder. Ich tastete nach meinem Gesicht. Schweißnass.

*Na, was auch sonst, nach dem Traum ...was war da nur?*

Obwohl ich mich anstrengte, gelang es mir nicht, den Traum zu rekonstruieren. Je mehr ich mich konzentrierte, umso schneller lief er mir wie Sand durch die Finger.

*Ein Traum ist nur ein Traum ist nur ein Traum.*

Ich sagte mir dies wie ein Mantra immer wieder auf. Ein Blick zur schwachroten Projektion zeigte mir, dass seit dem Erwachen noch keine zehn Minuten vergangen waren. Jedoch gefühlte Stunden, wie mir schien. Ich spürte, wie ich langsam wieder versank, tiefer ... tiefer...

*

Am Morgen erwachte ich wie üblich kurz vor sieben Uhr. Ich fühlte mich schlaff und erschlagen. Froh über die Tatsache, dass ich erst später zur Arbeit musste, wollte ich mich noch einmal in den Kissen umdrehen.

*Der Traum! Letzte Nacht!*

Und wieder durchfuhr mich das Schreckgespenst des wilden Traumes, an den ich keine andere Erinnerung hatte, als Furcht und tiefes, markerschütterndes Entsetzen.

Jetzt war ich wach und keine Macht konnte mich noch im Bett halten. Verwirrt, schlaftrunken, setzte ich mich auf und streckte die Hand nach der Nachttischlampe aus. Helles, beruhigendes Licht durchflutete das Zimmer. Ich zögerte.

*Die Lampe war doch letzte Nacht kaputt. Oder?*

Klick. Aus. Klick. An. Aus, an, aus, an. Erleichterung durchströmte mich.

*Dann habe ich geträumt, dass ich geträumt hab.*

Eine kalte Dusche und ein ausgiebiges Frühstück brachten mich in meinen Tag. Der war auch ohne unzensierte Traumgeschichten anstrengend genug. Ich hatte die nächtliche Episode vergessen, bevor ich gegen Mittag zur Arbeit ging.

*

Erneut erwachte ich mit einem Ruck und starrte mit aufgerissenen Augen in die Dunkelheit. Hatte ich etwa geträumt?

*Bin ich jetzt wach oder träume ich immer noch?*

An der gegenüberliegenden Wand konnte ich schwach die Projektion des Weckers erkennbar: 2:34Uhr. Ich tastete nach dem Schalter der Nachtischlampe. Nichts. Ich drückte noch einmal. Nichts.

*Verdammt, verdammt, verdammt!*

Dann dämmerte es mir. Dejavu. Konnte man in zwei auf einander folgenden Nächten genau dasselbe träumen? Krampfhaft versuchte ich, mich zu erinnern. Dabei klopfte mein Herz so laut, dass ich kaum denken konnte. Irgendwo in meinem Kopf schrie jemand, schrill und unnatürlich hoch. Es hörte sich an, wie das endlose Bremsgeräusch eines Zuges, Eisen auf Eisen. Vergebens versuchte ich, mir einzureden, dass ich träumte. Der Schrei übertönte fast das winzige, schabende Geräusch.

Kratz, kratz. Kratz, kratz.

*Wach auf, wach auf, verdammt, wach auf!*

Doch anstatt aufzuwachen, hörte der Schrei abrupt auf und das Kratzen wurde lauter. Ich schielte zur Projektionsuhr: 2:34Uhr. Noch einmal versuchte ich mein Glück mit der Lampe, doch es blieb dunkel. Ich legte mich zurück und begann mit Atemübungen. Blendete die Geräusche aus und konzentrierte mich ganz auf mein Innerstes, einatmen, ausatmen….

\*

Um sieben Uhr erwachte ich, pünktlich wie immer. Wenn möglich, war ich sogar noch matter und schlaffer als am Vortag. Wie durch Watte sah ich den dämmrigen Morgen durch das Schlafzimmerfenster fluten. Ich hatte Frühschicht und musste mich beeilen. Doch schien mir jegliche Energie zu fehlen und ich überlegte ernsthaft, ob ich krank wurde und vielleicht doch im Bett bleiben sollte. Ich setzte mich auf und tastete mit den nackten Füssen nach den Hausschluffen. Da ich sie nicht fand, klickte ich das Licht auf dem Nachtischchen an. Helligkeit überflutete mich und meine Füße, die direkt neben den Schluffen standen. Ich erstarrte ... und dann fiel es mir wieder ein.

*Verdammt, verdammt, schon wieder...*

Ich war mir in der Nacht sicher gewesen, so unglaublich sicher, wach gewesen zu sein. Und doch ... das Licht, das verdammte Licht. Ich verspürte Übelkeit und musste mich beeilen, schon stieg der saure Geschmack durch die Kehle und mit letzter Kraft erreichte ich das Toilettenbecken. Doch mein Magen war leer und das krampfhafte Würgen brachte mir keine Erleichterung, sondern nur noch mehr schmerzhafte Krämpfe.

Ich rief in der Firma an und meldete mich krank. Anscheinend klang ich sehr leidend, denn mein Chef war mitfühlend und wünschte mir gute Besserung. Ich flüsterte etwas von einem Magen-Darmvirus, so hielt ich jegliche gutgemeinten

Besuche ab. Dann machte ich mir eine Tasse Tee und setzte mich in meinen Lieblingssessel.

*Was passiert hier mit mir? Wenn ich die ganze Zeit 'NUR' geträumt habe, warum bin ich dann so fertig, so schlapp?*

Jetzt bekam ich auch noch Kopfschmerzen. Ich tastete mich zum Badezimmer zurück und suchte die Aspirintabletten. Ich fand ein halbes Röhrchen davon und nahm zwei Tabletten. Dann fiel mir ein, dass ich den Tee doch nicht mochte und ging wieder ins Bett. Meine Laken rochen säuerlich und waren noch etwas feucht. Ich musste ja literweise geschwitzt haben. Ob ich nicht doch krank war? Doch es war mir egal und ich fiel in einen leichten Dämmerzustand. Ich glaubte nicht, dass ich richtig geschlafen hatte, aber als ich gegen Mittag wach wurde, fühlte ich mich etwas besser. Nur die bohrenden Kopfschmerzen waren nicht verschwunden. Ich nahm noch zwei Tabletten. Dann wechselte ich das Bettzeug, duschte und ging einkaufen. Ich füllte meinen Vorrat an Aspirin auf, Tee, Brot, Eier, na ja, der große Koch bin ich nicht. Wenn ich meine Butterbrote habe, bin ich schon zufrieden.

Abends fühlte ich mich besser. Ich bereitete mein Abendbrot und machte es mir dann im Fernsehsessel bequem. Es lief ein alter Tatort, schön, da wusste ich wenigstens, wer die Bösen sind und musste nicht großartig überlegen, um der Handlung folgen zu können. Bevor ich ins Bett ging, überprüfte ich die Nachtischlampe. Funktionierte. Trotzdem legte ich mir eine Taschenlampe, die ich ebenfalls als funktionsfähig geprüft hatte, neben mein Kopfkissen. Vielleicht konnte ich meinen Traum überlisten. Obwohl es ja eher unwahrscheinlich war, dass man dreimal hintereinander denselben Traum träumt. Oder?

\*

2:34 Uhr. Ohne Vorwarnung begann der Schrei in meinem Kopf, er weitete sich aus und erfüllte schließlich meinen ganzen Körper. Ich jagte aus dem Tiefschlaf an die Oberfläche und tastete verzweifelt nach der Taschenlampe. Ich bekam sie zu fassen und suchte hektisch nach dem kleinen Knopf. Der Schrei wurde lauter, meine Muskeln, meine Gelenke vibrierten, dann riss er plötzlich ab und eine eisige Kälte breitete sich aus. Es begann an meinen Füßen und wanderte immer höher.

*Sterbe ich jetzt? Ist es das?*

Immer noch tastete ich nach dem Taschenlampenknopf, drückte darauf, immer wieder, immer wieder, aber es blieb dunkel. Nur die schwache Projektion des Weckers an der Wand bot meinen Augen Halt. Während ich noch darauf starrte, wurde die vier zu einer fünf, dann sprang sie auf sechs. Immer noch war es dunkel. Mein Unterkörper fühlte sich kalt und taub an, trotzdem hatte ich das Gefühl, als ob ich schwitzte. Ich bewegte die Zehen, wenigstens das ging noch.

*Vielleicht sollte ich aufstehen, vielleicht wache ich dann auf, vielleicht ist das nur ein Traum. Ein Traum ist nur ein Traum ist nur ein Traum.*

Ich schwang die Beine über die Bettkante, tastete nach meinen Schluffen. In diesem Moment packte eine eiskalte Hand meinen Knöchel und meine Blase entleerte sich explosionsartig. Mit einem Schrei riss ich die Beine nach oben und kauerte mich ins Bett.

Mit der Taschenlampe schlug ich wild um mich, warf dabei die Nachttischlampe zu Boden und das Wasserglas gleich hinterher. Lautes Klirren und Poltern, dann war ich wach.

Keuchend, schwitzend, atemlos und bis ins Mark erschrocken starrte ich die Projektion der Uhr an. 2:34 Uhr. Ich tastete noch einmal nach dem Knopf der Taschenlampe und ein beruhigender, heller Strahl wanderte zur Decke. Ich schwenkte ihn von rechts nach links, doch welches Ungeheuer ich auch erwartete, es war nicht da. Nur mein Schlafzimmer, vertraute Schränke, vertraute Tapeten. Nichts, wovor ich Angst haben müsste. Trotzdem. Ich stellte mich ins Bett und sprang mit einem Satz zur Tür, dort drückte ich auf den Lichtschalter. Helligkeit erfüllte den Raum und nun hatte ich den Mut, um unters Bett zu schauen. Natürlich war dort niemand. Niemand, der seine kalten Hände um meine Knöchel legte, wenn ich in der Dunkelheit aufstehen möchte. Der Platz unter dem Bett war außer einer Vielzahl von Staubmäusen unbewohnt.

In dieser Nacht schlief ich nicht mehr. Ich traute dem Schlaf nicht. Ich traute mir nicht. Ich wechselte meine nassen Schlafanzughosen und duschte heiß. Dann schaute ich einen alten Film, döste im Sessel ein, wachte wieder auf, nur um mich zu vergewissern, dass alle Lampen noch an waren. Dann driftete ich wieder weg.

Gegen halb zehn wurde ich endgültig wach. Rasende Kopfschmerzen waren wieder mein Begleiter, außerdem hatte ich Hunger und einen staubtrockenen Mund.

Gierig trank ich zwei Gläser Wasser direkt aus dem Hahn. Dann stellte ich den Wasserkocher an und räumte die Sauerei im Schlafzimmer auf. Splitter und getrocknete Wasserspuren hatten sich bis in den hintersten Winkel vorgearbeitet. Diese Säuberung beruhigte mich und spiegelte mir einen Zustand des Normalseins vor. Danach setzte ich mich mit meinem Tee ins Wohnzimmer. Noch einmal versuchte ich, mich an alle Einzelheiten der Nacht zu erinnern.

*Gut, da war der Traum. Der Schrei. Dann hab ich geträumt, dass mich einer am Fuß gepackt hat. Ich hab mir in die Hosen gemacht und im Schlaf die Lampe und das Wasserglas umgeworfen. Dann bin ich aufgewacht.*

Obwohl das heiße Getränk mich erfrischte, bewegte ich mich immer noch wie in Watte gepackt. Ich untersuchte jeden Winkel des Schlafzimmers, konnte jedoch nichts Ungewöhnliches entdecken. Ich verschob das Bett in eine andere Ecke, entfernte alle Staubmäuse und fand nichts, weswegen ich mir Sorgen machen müsste. Gegen Mittag fühlte ich mich erschöpft und hielt ein kleines Schläfchen in meinem Sessel. Gut, keine Träume.

Der Nachmittag zog sich. Ich machte einen kleinen Spaziergang und wunderte mich darüber, dass die Menschen auf der Straße mich so seltsam anschauten. Zuhause bemerkte ich, dass ich mich seit einigen Tagen nicht rasiert hatte, auch standen mir die Haare ziemlich wirr vom Kopf ab. Ich wollte noch einmal duschen, mich rasieren, konnte aber die dafür nötige Energie nicht aufbringen.

Ich dachte darüber nach, wie ich den Traum dieses Mal überlisten könnte. Ich wollte das Licht im Wohnzimmer anlassen, die Tür offen und vielleicht leise Musik laufen lassen.

Trotz der bleiernen Müdigkeit lag ich noch lange wach. Ich hatte die beruhigenden Klänge auf endlos gestellt und lag mit dem Gesicht zur offenen Tür. Wenn ich die Augen schloss, dann ahnte ich das Licht durch den roten Schleier meiner Augenlider. Ich konzentrierte mich auf die Musik, ließ mich von ihr tragen … entspannte mich schließlich … war ganz locker und ließ mich fallen…

Mit einem hässlichen Misston hörte die Musik auf, ich riss die Augen auf und sah … nichts. Dunkelheit. Nun, da ich wusste, dass ich träumte … natürlich träumte ich, was sonst? Verzweifelt wollte ich aufwachen, kämpfte mich hoch, schaute zur Uhrenprojektion: 2:34 Uhr. Natürlich, was sonst. Dann begann der

Schrei, ich hielt mir die Ohren zu, aber das half nichts, denn der Schrei kam ja aus meinem Kopf. Dann das Schaben.

Kratz, kratz, kratz, kratz.

Dann hörte ich ganz deutlich, wie Etwas, Jemand, unter meinem Bett herauskroch. Lange, schabende Geräusche, dann schweres Atmen, Stöhnen, Ächzen. Das Bett bewegte sich ein bisschen, als ein schwerer Körper daran entlang schabte, dann spürte ich, wie sich Etwas, Jemand, auf die Matratze schob. Etwas, Jemand, setzte sich darauf, die Matratze senkte sich ein bisschen. Panische Angst breitete sich in mir aus, ich wollte schreien, weglaufen, war aber unfähig, mich zu bewegen. Ich starrte in diese tiefe Finsternis, fühlte, wusste, dass da Etwas, Jemand, auf meiner Bettkante saß und die Hände nach mir ausstreckte … und wachte mit einem erstickten Gurgeln auf. Beruhigendes Licht kam aus der geöffneten Wohnzimmertür und die Musik befand sich immer noch in der Endlosschleife. Ein Blick zur Uhr zeigte mir, dass es gerade 2:34 Uhr war.

*

Das ist jetzt fünf Tage her. Seit dieser Nacht habe ich das Schlafzimmer gemieden. Ich hielt die Tür fest verschlossen. Wenn ich schlief, dann nur tagsüber und höchstens eine Stunde. Ein flacher, leichter Schlaf. In meinem Sessel. Mit dem Rücken an der Wand. Den Blick auf die geschlossene Schlafzimmertür gerichtet. Heute habe ich die Tür wieder geöffnet und einen Blick riskiert. Alles wie immer. Keine Gefahr. Hinter den Fenstern sinkt die Dämmerung und ich schalte alle Lampen an. Ich beobachte den schwindenden Tag und lausche der Geräuschkulisse aus dem Fernseher. Die Schlafzimmertür ist geöffnet und das Bett lockt mit wunderbarer Weichheit und Komfort. Ich sehne mich nach einer schmerzlosen Nacht. Doch ich bleibe in meinem Sessel. Ich … darf … nicht … einschlafen … aber ich bin müde, so müde, unsagbar müde. Das lange Sitzen schmerzt im Rücken und in der Brust. Ich gehe zur Schlafzimmertür. Dann schaue ich unter das Bett, setze ich mich darauf. Nichts passiert. Ich lehne mich an die weichen Kissen, schaue zum Fenster, wo ein schwacher, grauer Schimmer die kommende Nacht ankündigt. Ich weiß, ich darf nicht einschlafen, wenn es dunkel ist … aber ein wenig die schweren Lider schließen, das darf ich, nur ein wenig, ein paar Sekunden … aber … nicht … einschlafen…

# Dummheit siegt

Wann haben wir angefangen, unseren Gott mit Füssen zu treten? Gut, die erste Frage müsste lauten, wer ist Gott? Ganz sicher nicht die imaginäre Lichtgestalt in den Wolken oder im Nirvana, wo auch immer das sein mag. Wer oder was ist Gott? Jemand oder etwas, das alles geschaffen hat. Einverstanden. Und wer oder was war das? Natur, Zufall und letztendlich die Erde, auf der wir stehen. Das ist unser Gott und das wussten schon unsere Vorväter. Sie ehrten Mutter Erde, sie huldigten Mutter Natur, sie bewahrten und schützten was sie ernährte, beschützte, woraus sie entstanden waren und wohin sie wieder gingen. Staub zu Staub, Asche zu Asche und letztendlich Erde zu Erde.

Viele tausend Jahre schon leben, existieren Menschen auf dieser Erde, unserem Gott. Wann haben wir angefangen, sie zu misshandeln, auszubeuten, zu schänden und jede nur mögliche Gelegenheit zu ergreifen, um sie zu zerstören? Dass es uns bislang noch nicht gelungen ist, heißt nicht, dass wir dazu nicht in der Lage sind. Wenn wir uns noch ein wenig mehr anstrengen, wird es uns ganz sicher früher oder später gelingen. Vermutlich eher früher als später.

Der Mensch in seiner grenzenlosen Überheblichkeit, seiner grenzenlosen Dummheit und Ignoranz, hat sich selbst zum Herrn über alles erhoben. Er wähnt sich einzigartig im Universum. Er wähnt sich allwissend und weiß nicht einmal, dass er nichts weiß. Weiß er, wie viele Universen es gibt? Nein, denn er kann nicht einmal erahnen, wo die Grenze unseres eigenen Universums ist. Ob es eine Grenze gibt. Und wenn nicht, was ist das: grenzenlos, unendlich? Abgesehen von der Unwissenheit über das oder die Universen weiß der Mensch nicht einmal, wie viele Sternensysteme es gibt. Oder wie viele Sonnen, geschweige denn Planeten es in diesem unendlichen Universum gibt. Oder in den vielen anderen Universen.

Er glaubt immer noch, dass irgendwann vor vielen Millionen Erdenjahren, ein Körnchen auf den abgekühlten Planeten fiel und daraus sich dann Leben und so weiter entwickelte. Wenn dies auf unserem Planeten möglich war, dann doch auch auf einigen anderen Planeten. Nur weil wir es nicht wissen, nicht begreifen können, heißt das doch nicht, dass es nicht möglich ist. Warum glauben wir immer noch, dass wir einzigartig sind und über alle anderen erhaben? Nur weil uns andere Völker nicht besucht oder heimgesucht haben, heißt es doch nicht, dass es sie nicht gibt. Vielleicht haben sie unsere Dummheit erkannt und sind einfach nicht daran interessiert, sich auf unser Niveau herunter zu lassen.

Eine Zukunft haben wir auf dieser Erde nicht. Denn unsere eigene Dummheit wird siegen und alles, was wir glauben bisher erreicht zu haben, alles was wir glauben, bisher zu wissen, wird in der Tiefe des Universums verweht werden. Die Atome, aus denen wir bestehen, werden sich vielleicht irgendwann einmal zu neuen Lebewesen zusammenfinden, oder sie werden auf unendliche Zeit irgendwo in der Tiefe der Universen auf die Erweckung warten. Die Erde hat vielleicht eine Zukunft, aber nur wenn es ihr gelingt, die bestehende Menschheit rechtzeitig zu eliminieren, um einen neuen Versuch zu starten. Und wenn der nächste Lebensstamm begreift, welch unwichtiges Staubkörnchen er in den unendlichen Universen darstellt, dann, und nur dann, hat er eine Chance, zu überleben. Aber auch nur, wenn Gott will.

# Mama, was ist Werbung?

Unser Deutschlehrer sagte heute, dass wir uns zu Hause mal Gedanken machen sollen, was Werbung ist und wie sie funktioniert. Dazu hat er uns ein paar Beispiele gesagt: Fernsehen, Zeitungen, Kino, Plakate und so was in der Richtung. Er sagte, wir sollen alles aufschreiben, was uns einfällt. Wer möchte, kann auch eine kleine Geschichte dazu erfinden. Mir wollte so gar nichts dazu einfallen. Außer, dass es blöd ist, wenn ein spannender Film plötzlich aufhört, weil Frauen Schmerzcreme für die Knie brauchen oder jemand eine Pizza backen möchte. Manchmal kommen aber auch interessante Sachen. Neulich zum Beispiel habe in so einer Werbeunterbrechung von einem neuen Spiel gehört, das wünsche ich mir zum Geburtstag. Aber sonst? Nein, sonst fällt mir nichts dazu ein. Weil ich das aber unserem Lehrer nicht sagen konnte, habe ich Mama gefragt. Mama ist ganz schön klug und sie kann sich immer so spannende Geschichten ausdenken. Ich dachte mir, bestimmt kann sie mir auch dazu etwas erzählen. Also habe ich sie abends vor dem Schlafengehen gefragt:

„Mama, was ist eigentlich Werbung?"

Erst hat sie ganz erstaunt geschaut und wollte wissen, wie ich denn darauf komme. Da habe ich ihr von unserer Hausaufgabe erzählt und dass mir dazu nichts einfällt. Sie hat ein bisschen gelacht und dann gefragt: „Was weißt du denn über Werbung?"

„Na ja, es kommt im Fernsehen und meistens wenn ich einen Film schauen will. Manchmal sehe ich auch Plakate, an der Straße oder an den Zäunen, da steht drauf, wenn ein neuer Film im Kino kommt oder wo ein Freizeitpark ist. Ja, und in der Zeitung! Papa hat gestern so geschimpft, weil in der Zeitung ganze Seiten mit Werbung waren und er hat gesagt, dass er doch keine Zeitung kauft, wenn da nur Werbung drinnen ist!"

Ich musste lachen, weil mein Papa ganz schlimm geschimpft hat. Er hatte es mir dann auch gezeigt. Da war eine ganze Seite mit einer riesigen Pizza bedruckt und Papa fand das ziemlich blöd. Ich auch. So viel Papier für ein Foto von so einer Pizza. Es war aber eine wirklich schöne Pizza und ich hab auch gleich Lust darauf bekommen. Aber das habe ich Papa nicht gesagt. Mama hab ich es erzählt.

„Siehst du, das ist der Zweck der Werbung. Die Leute, die so eine Anzeige in der Zeitung sehen, die sollen das kaufen, wofür Werbung gemacht wird. So machen die Kaufleute ihr Geschäft. Aber es gibt ja nicht nur Werbung für Sachen, die man kaufen soll! Aber jetzt überlege doch mal selber. Was fällt dir noch dazu ein? Wofür kann man denn noch Werbung machen?"

Ich überlegte. Dann sagte ich: „Filme! Wenn eine neuer Film gezeigt wird, dann kann man das manchmal in der Zeitung oder auf einem Plakat sehen!"

„Ja, genau. Aber auch so genannte Dienstleister machen Werbung für ihr Geschäft. Dienstleister sind Leute, die einen Dienst leisten und dafür bezahlt werden. Handwerker wie Schreiner, Schuster, Dachdecker, Friseure, Wäschereien oder Reinigungen, das sind alles Dienstleister und die können auch Werbung für sich machen. Je mehr Werbung sie machen, umso mehr Leute kennen ihre Namen und umso mehr Kunden bekommen sie. Du siehst also, dass Werbung wichtig ist."

„Und wer hat die Werbung erfunden?" Denn ich weiß, dass immer irgendjemand etwas erfindet und der macht dann viel Geld mit seiner Erfindung. Ich will auch so etwas erfinden, aber alles was mir zum Erfinden einfällt, das gibt es schon. Ich hatte nie gedacht, dass erfinden so schwer ist. Aber Mama sagte, dass das mit der Werbung nicht ganz so gewesen ist.

„O je, das weiß niemand so genau! Warte mal, weißt du noch, wann das mit Pompeji war? Das hattet ihr noch neulich in der Schule?"
Das wusste ich noch und ich war auch ziemlich stolz, dass ich das behalten habe.
„Pompeji wurde 79 nach Christus verschüttet. Meinst du das? Und davor war es für siebenhundert Jahre eine bedeutende Stadt in Italien!"
„Genau. Das ist jetzt fast zweitausend Jahre her ..."
„Tausendneunhundertundsiebenunddreißig!", verbesserte ich Mama. Im Kopfrechnen war ich immer besser als sie.
„Ja, richtig. In Pompeji hat man bei den Ausgrabungen Steinplatten gefunden, auf denen Waren angepriesen wurden. So wie auf den Plakaten heute. Diese Steinplatten hatten Händler für ihre Marktstände anfertigen lassen. So konnten die Kunden sofort sehen, was es dort zu kaufen gab. Also auch schon eine Werbung. Genauso haben die Handwerker solche Platten an ihre Werkstätten

anbringen lassen und man konnte, auch im Vorbeilaufen, sofort sehen, wer dort arbeitete und was er machte."

„Da waren die alten Römer auch sehr schlaue Leute, nicht wahr? Die haben ja noch eine ganze Menge anderer Sachen erfunden. Die Wasserleitungen, die haben doch auch die ollen Römer …!"

„Ja, ja, aber das hat jetzt nichts mit Werbung zu tun. Später gab es viele Markthändler, die von einer Stadt zur anderen zogen, um ihre Sachen zu verkaufen. Und damit die Leute in der Stadt auch wussten, dass sie da waren, liefen sie durch die Straßen und riefen, was sie auf dem Markt verkaufen wollten. Das waren Marktschreier, auch eine Art von Werbung. Je lauter diese Marktschreier schreien konnten, umso mehr Leute hörten sie und umso mehr Kunden kamen auf den Marktplatz, um zu kaufen. So war das im Mittelalter mit der Werbung."

Ich überlegte.

„Die haben sich ja ganz schön was einfallen lassen, nicht wahr? Also ich hätte mich einfach auf den Markt gestellt und darauf gewartet, dass einer kommt zum Kaufen!"

„Mitte des letzten Jahrhunderts gab es einen klugen Mann, der sagte einmal: "Wer nicht wirbt, der stirbt". Und das heißt nichts anderes, als dass du keine Geschäfte machst, wenn du keine Kunden locken kannst. Und im Mittelalter war das oftmals ein Todesurteil, denn wer keine Einnahmen hatte, der musste verhungern."

„Aha, also hat's doch jemand erfunden!", triumphierte ich. „Wer hat denn das gesagt, oder weißt du das nicht?"

„Doch, dieser Mann hieß Henry Ford!"

„Ford? Wie unser Auto?"

„Genau! Aber es war dann doch anders herum. Das Auto, also unser Auto, ist nach dem Mann benannt, der es erfunden und später gebaut hat, nämlich Henry Ford. Mister Ford hat nicht nur viele Sachen erfunden, sondern er war auch ein mächtiger Industrieller und hat eine ziemlich große Autofabrik in Amerika gebaut."

„Unser Auto kommt aus Amerika? Ich dachte, es kommt aus Köln?"

„Ja, unser Auto ist in Köln gebaut worden, in der großen Fabrik, die wir uns letztes Jahr angeschaut haben. Aber bis 1925 wurden alle Ford – Autos nur in

Amerika gebaut. Erst danach kam Mister Ford nach Deutschland und hat seine erste Fabrik in Berlin gebaut. Und jetzt gibt es mehrere Fabriken in Deutschland, die nur Ford – Autos produzieren. Aber zurück zu deiner Frage nach Werbung!"

„Der Herr Ford macht ja auch viel Werbung für seine Autos, ich sehe da oft Plakate, und auch im Fernsehen gibt es immer wieder Werbefilme für Ford – Autos!"

„Früher waren es hauptsächlich Plakate, mit denen Leute auf sich und ihre Produkte aufmerksam machen wollten. Da durfte man aber nicht, so wie heute, überall etwas ankleben, es gab da spezielle Plätze. Die hießen Litfaßsäulen, so runde, kleine Türme, die standen an Straßenecken und darauf konnten die Leute ihre Plakate kleben. Die gibt es heute gar nicht mehr, glaube ich jedenfalls."

„Wie hießen die?"

„Litfaßsäulen! Das kommt daher, weil ein Herr Litfaß die zuerst gebaut, oder erfunden hat, und zwar in Berlin, vor fast zweihundert Jahren!"

„Komischer Name! Wenn ich so etwas erfinde, wird es dann auch nach mir benannt? Dann könnte es doch sein, dass mich die Leute in zweihundert Jahren immer noch kennen!"

„Das könnte schon sein. Was willst du denn erfinden?"

„Das weiß ich noch nicht. Immer, wenn ich mir etwas ausdenke, gibt es das schon!"

„Jetzt fällt mir doch noch etwas Wichtiges ein. Kennst du Dr. Oetker?"

„Ja, klar, der hat meinen Pudding erfunden! Noch so ein Erfinder!"

„Ja, schon, aber der Dr. Oetker war tatsächlich nicht nur der Erfinder von vielen leckeren Soßen, Puddingpulvern und Gewürzmischungen, nein, der hat damals, als erster Betrieb in Deutschland, richtig viel Werbung für sein Backpulver gemacht. Das war nämlich das erste, was er erfunden hat und das war Anfang des 20. Jahrhunderts, also noch vor dem ersten Weltkrieg. Und dann haben es ihm viele nachgemacht, als sie gesehen haben, dass er sehr viel Erfolg mit seiner Werbestrategie hatte. Er hat sein Backpulver nicht nur auf den Litfaßsäulen beworben, sondern auch in Zeitungen und im Radio. Fernsehen gab es da ja noch nicht. Ja, und im Kino, er hat so kleine Werbefilme gedreht und die liefen dann auch in den neuen Kinos, die gab's ja damals auch noch nicht so lange."

„Mit Werbung kann man wohl viel Geld machen, oder?"

Mama lachte und meinte dann, ich wäre ein kluger Junge. Als sie mir „Gute Nacht" gesagt und gegangen war, sollte ich eigentlich schlafen, aber ich stand noch mal auf und schrieb mir auf, was ich gerade gelernt hatte, damit ich es über Nacht nicht vergaß. Am nächsten Tag wollte ich dann eine ganz tolle Hausaufgabe schreiben, da würde unser Lehrer sich aber wundern! Na ja, es hat halt nicht jeder Junge eine solch kluge Mama wie ich.

# *Leseprobe aus: 'Der Steinige Weg'*

Dieser Roman hat autobiografische Hintergründe und basiert auf den Tagebuchaufzeichnungen von Monika Kaiser - Golgojew.

Als Monika ihr Leben hinter den Klostermauern nicht mehr aushält, reißt sie aus und taucht in den Wirren der Nachkriegszeit im Flüchtlingsstrom unter. In Hamburg landet sie bei einem reisenden Circusunternehmen und wird dort als Pferdepflegerin angestellt. Sie arbeitet hart und lange um Artistin zu werden, wird dann aber ungewollt schwanger und muss den Circus verlassen. Auch ihr Kind muss sie in Pflege geben, doch nachdem sie sich von dem gewalttätigen Kindesvater getrennt hat, kann sie sich nach langen Mühen ihren Sohn wiederholen. Kurze Zeit darauf fliegt sie mit einem Circus in den Nahen Osten, dort arbeitet sie mit ihrem kleinen Sohn in der Manege und kümmert sich um die Pferde. Doch die Direktorin verspielt die Einnahmen und das Unternehmen geht Pleite, bald ist Monika allein, nur mit den Tieren und ihrem Jungen. Über diplomatische Beziehungen kann sie aber einige Monate später doch das Land verlassen, muss aber die Pferde zurücklassen. In Deutschland nimmt sie ein Engagement beim Circus Krone an. Schon bald kann sie ihrem Sohn seinen Herzenswunsch erfüllen: ein eigenes Pony. Damit beginnen ihre Zukunft und die Karriere des Jungen als erfolgreicher Artist.

Kapitel 14: Zu Fuß durch Deutschland

Wohin sie wollten, das wussten sie nicht. Die Nächte verbrachten sie im Wald oder unter Büschen, zugedeckt nur mit Laub und ihren Wintersachen. Die Nächte waren sommerlich mild und es war angenehm im Freien. Hans bekam Arbeit bei einer Straßenbaufirma, wenn er tagsüber dort schuftete, musste sie sich verstecken, denn die Vorarbeiter wollten keine Angestellten mit Frau oder Kind, sagte er. Abends kam er zum Übernachten in den Wald und brachte manchmal etwas zu essen mit. Einen Kanten Brot oder ein Stück Speck. Monika lebte indes von Beeren, die sie fand, stets hungrig und immer in Sorge, ungenießbare Früchte zu finden. Nachts stahlen sie Äpfel oder Birnen aus nahegelegenen Gärten.

Die Firma, die im ganzen Land neue Straßen baute, zog weiter und sie zogen mit. Monika immer heimlich, sie durfte sich nicht sehen lassen. Hans lief manchmal mit ihr, manchmal lief er auch mit den anderen Arbeitern und sie musste alleine sehen, wie sie durchkam. Das Kind in ihr wuchs und wuchs, sie hatte oftmals das Gefühl es würde ihre Lebenskraft aufbrauchen, wie konnte es so schnell wachsen, wo sie doch so wenig zu essen hatte? Die Nächte waren lang und der Boden hart und trotzdem wurde Monika täglich runder und dicker. Beschwerlich waren auch die Tage, wenn sie sich verstecken musste. Das Geld reichte nicht für ein Herbergsbett und für zwei Leute schon gar nicht.

Monika weinte oft, wenn sie alleine war. War Hans da, dann wagte sie es nicht, denn er wurde sehr zornig und begann, sie zu schlagen. Es sei ihre Schuld, warum war sie auch schwanger geworden, mit dem, was sie durch die Voltige verdient hatte, hätten beide gut leben können. Natürlich war es ihre Schuld, das sah sie wohl ein. Obwohl…, nun ja. Sie vermisste die Ponys, sie vermisste Coco und sie vermisste Anni ganz schrecklich. In diesem Sommer der Tränen gab es niemanden, mit dem sie reden konnte und niemanden, der ihr zuhörte.

Im Herbst, als die Blätter sich färbten, wurde es nachts empfindlich kalt und Monika begann sich Sorgen zu machen. Was sollte erst werden, wenn der Winter kam? Sie saß am Waldrand und schaute über ein weites Tal, unten lag, eingebettet zwischen schützenden Bergflanken, ein kleines Dorf. Dort sah es so heimelig aus, sie sehnte sich nach den bayerischen Bergen und nach dem kleinen Häuschen der Tante. Wenn sie etwas Geld gehabt hätte, dann hätte sie der Tante geschrieben und um Reisegeld gebeten, aber sie hatte nicht einmal das. Hans hatte ihr das Geldstück von Anni schon ersten Tag abgenommen. Wäre dieses Leben in ihr nicht gewesen, dieses strampelnde kleine Ding, das ihr Kind war, das Kind, so ungewollt aber doch schon so heiß geliebt, wenn es dieses Kind nicht gäbe, sie hätte mehr als einmal den Gedanken an Selbstmord zu Ende gedacht und ausgeführt. Welch euphorische Stimmung hatte sich ihrer bemächtigt, als die Saison losging, wie sehr hatte sie sich auf das Leben gefreut, auf die Arbeit mit den Pferden, auf die Reisen und den Circus. Und jetzt? Alles vorbei. Selber schuld.

Die Nonnen hatten doch recht gehabt. Sie war schlecht und unfähig. Dumm, eigensinnig, borniert und durch und durch eine Sünderin. Warum sonst passierte ihr all dies, wenn es nicht eine Strafe war? Eine Strafe dafür, dass sie aus der Obhut der Heiligen Schwestern entflohen war, dass sie gemeint hatte, es besser zu wissen, dass das Leben außerhalb der Klostermauern auf sie, Monika, gewartet hatte und sie es meistern könne. Abgrundtiefe Verzweiflung übermannte sie und sie weinte. Manchmal wunderte sie sich, wo die vielen Tränen her kamen, wenn sie doch ständig Durst litt und nur wenig zu essen hatte.

Im Oktober waren die Nächte schon sehr kalt und Monika fror jetzt meistens. Wenn Hans arbeiten ging, dann ließ er ihr seine Winterjacke, aber es war nicht genug, nie war es genug. Die Wärme nicht, das Essen nicht, lieber Herrgott, was soll nur werden, wenn das Kind da ist?

Erschienen im Schlosser Verlag ISBN 978-3-86937-328-7

# *Leseprobe aus: 'Wegbegleiter'*

In dieser Fortsetzung vom "Steinigen Weg" findet Monika auf ihrem weiteren Lebensweg viele Gefährten. Manche berühren ihren Weg nur flüchtig, andere sind ständige Begleiter. Doch immer hinterlassen sie Spuren und beeinflussen Monikas Entscheidungen, manche positiv, manchmal aber auch im negativen Sinn. Sie, die als "Klosterflüchtling" in den Nachkriegsjahren schwierige Zeiten durchleben musste, kommt in diesem Buch an ihr Ziel. Eine große Reitertruppe und eine große Familie; doch je näher das Ziel rückt, umso größer werden die Probleme. Schließlich gelingt es ihr nicht, ihren Traum auch festzuhalten, denn das Leben will nicht immer nach ihren Regeln spielen.

Erlebnisse und Anekdoten aus 25 Jahren Circusleben prägen dieses liebevoll und amüsant geschriebene Buch. Ein Buch, das den Leser hinter die Kulissen einer Circusfamilie führt und nichts beschönigt, den harten Alltag ebenso beschreibt wie die lustigen und unterhaltsamen Momente. Doch vor allem beschreibt es ein Stück des Lebensweges einer beeindruckend starken Frau.

1958: Das Jahr der Tochter

### Das Jahr der Tochter

"Guten Morgen, Frau Direktor!", rief Monika über den Platz. Es war ein eiskalter Wintermorgen und sie lief gerade zum Stall hinüber. Mit einem Tuch hatte sie die kurzen, roten Locken eingehüllt und ein dicker Schal bedeckte ihren Hals. Der Wind wehte mit einem eisigen Hauch zwischen den Gebäuden.

"Hallo, Frau Kaiser, na, wie kommen Sie mit der kleinen Michaela voran? Können wir sie schon in das Programm mit einplanen?", antwortete Ada Aureden gut gelaunt. Sie war gerade von einer zweiwöchigen "Einkaufsfahrt" zurückgekommen, bei der sie neue Circusnummern besichtigt hatte und den einen oder anderen frischen Artist für die nächste Saison buchen konnte.

"Frau Aureden, kommen Sie doch gegen Mittag in die Halle, dann zeige ich Ihnen, was ich mit der Kleinen schon geprobt habe. Fehlt nur noch die Musik, aber da kann Herr Ripke sicherlich kurzfristig einspringen!"

"Gerne, so gegen elf? Später muss ich weg und ich würde es gerne vorher noch sehen?!"

"Ja, klar, wir werden bereit sein!"

*

Cäsar hatte die Hohe Schule am langen Zügel, die Monika mit ihm täglich übte, perfekt gelernt. Michaela war immer noch mit kleinen Riemchen auf seinem Rücken angebunden, so konnte sie nie herunterfallen, Dabei saß sie aber wie selbstverständlich auf dem, im Verhältnis zu ihr, großen Pferd und freute sich.

*

Frau Direktor Aureden klatschte begeistert in die Hände, als sie sich die Hohe Schule angeschaut hatte.

"Das ist gut, das nehmen wir für die Saison. Was hatten Sie denn an Musik ausgesucht? "

"Ich dachte für die erste Sequenz "Reite kleiner Reiter" , danach vielleicht "Ein bisschen mehr" und "Lili Marleen". Wenn sich das Pferd hinlegt könnte "Mamatschi" gut passen, was meinen Sie?"

Frau Aureden hatte mitgeschrieben.

"Ich werde Herrn Ripke anrufen, wenn er die Noten nicht hat, dann kann er sie besorgen und vielleicht umschreiben. Wie sieht es mit dem Kostüm für Michaela aus?"

"Ungarisch oder irgendwie husarenähnlich, ich wollte meine Schwiegermutter bitten, uns etwas zu nähen. Wolfi soll ja auch neue Kostüme für den Sommer bekommen, da ist es gleich ein Aufwasch!"

Michaela schnitt derweil Grimassen und zählte Cäsar´s Mähnenhaare. Dann gähnte sie und legte ihren Kopf auf den Hals des Pferdes.

"Na, jetzt sind wir fertig, kleine Maus, und dann kannst du absteigen!", Ada Aureden wandte sich wieder Monika zu. "Ich werde den neuen Vertrag tippen lassen, kommen Sie doch im Laufe der Woche ins Büro, dann machen wir alles amtlich. Ach ja, und noch etwas, Michaela ist zu lang, wir nennen sie "Micha, Deutschlands jüngste Schulreiterin", was sagen Sie, das ist glatter und prägt sich besser ein, gut, abgemacht...Schönen Tag noch!"

Niemand freute sich mehr darüber als Michaela, die überall herumlief und jedem, der es hören wollte oder auch nicht, erzählte, dass sie im nächsten Jahr arbeiten durfte und das mit einem ganz neuen Kostüm.

Schließlich sollte Michaela ein Laibchen und einen Umhang aus rotem Stoff bekommen, dazu eine fellbesetzte Mütze: ein winziges Husarenkostüm. Die roten Stiefelchen mussten passend gefertigt werden, denn in ihrer Größe gab es sie nicht zu kaufen. In den kalten Anfangsmonaten der Saison trug sie zudem noch eine wärmende, weiße Strumpfhose. Ihre hüftlangen, dunklen Haare trug sie dazu offen, die schwarzen Augen blitzten vor Freude und zusammen mit dem imposanten Hengst bot sie ein eindrucksvolles Bild.

Erschienen im Schlosser Verlag ISBN 978-3-86937-512-0

# *Leseprobe aus: Mein Circustraum*

Als kleiner Junge im Circus aufgewachsen, als Sechstklässler aus diesem vertrauten Umfeld gerissen und als Mann wieder hinein gestoßen, so könnte man in wenigen Worten den Lebensweg von Lutz beschreiben. Dass jedoch sehr viel mehr dahinter steckt, das offenbaren die intimen Erzählungen aus den ersten Wochen eines Traumes, den sich der 36-jährige Malermeister nach langen Jahren der "Circusabstinenz" erfüllt: Einen Urlaub im Circus, unter Circusleuten und Artisten, die im weiteren Verlauf zu seinen Freunden und lebenslangen Bekannten werden. Lustige Tage und skurrile Begebenheiten lassen keine Langeweile aufkommen und eigentlich möchte der Leser nur eines: Lutz auf seinem Lebens- und Urlaubsweg weiter begleiten. Ob er sich am Ende seinen Traum erfüllen kann und doch ein großer Clown werden kann? Man wird sehen...

## Abbautag

Schon früh an diesem Sonntagmorgen bin ich beschäftigt, Kaffee aufbrühen und frühstücken, dann ins Büro. Ich hatte vergessen, dass Sonntag ist, also wird es wieder nichts mit den verschickten Postkarten, keine Briefmarken! Dann müssen die Daheimgebliebenen eben bis morgen warten.

Vor dem Bürocontainer sitzt der Joschl, einer der Pferdekutscher, auf einem Stuhl und hält sich die Brust. Erschrocken frage ich ihn:

„Ist was passiert? Hast du Schmerzen?"

Erschöpft winkt er ab. Da kommt auch schon Schrammerl, eigentlich heißt er Georg Schramm, mit dem Autoschlüssel in der Hand aus der Tür. Schrammerl ist so etwas wie das Mädchen für alles und „darf" helfen, wo er gerade gebraucht wird.

„Was hat er denn?", will ich von ihm wissen.

„Der Pluto hat ihn volle Kanne vor die Brust getreten, er konnte wohl seine Fahne nicht ab, ja ja, so ein Pferd ist gar nicht so dumm, wie es aussieht! So, jetzt komm, los geht's!"

Damit fasst er den Joschl unterm Arm und schiebt ihn zur betriebseigenen „Eierkiste", das ist das Fahrzeug, das von jedem benutzt werden darf. Allerdings macht es niemand sauber, denn niemand fühlt sich zuständig, und dementsprechend sieht es auch aus.

Kaum ist Schrammerl um die Ecke verschwunden, taucht A.P. auf und fängt sofort an, herum zu brüllen.

---

„So ein Scheißladen, nie ist einer da, wenn man ihn braucht, und jetzt ist auch noch die Eierkiste weg, ich muss den Kleinen zum Arzt fahren, der hat Fieber, der kann nicht arbeiten heute, nicht ohne Arzt, wo ist der Idiot denn mit der Eierkiste hin!"

Rainer streckt seinen Kopf aus der Tür.

„Was haste denn? Wer ist krank?"

„Der Kleine ist krank, ich muss zum Arzt!"

„Na, wärste früher gekommen, hätte der Schrammerl dich mitgenommen, warte, ich ruf dir ein Taxi!"

„Taxi, so ne Scheiße, wer soll das denn bezahlen!"

Aber dann beruhigt er sich, das Taxi kommt und A.P. packt sich seinen Kleinen, das ist sein zwergwüchsiger Partner aus der Clownnummer, und sie fahren zum Krankenhaus. Rainer lädt mich ins Büro ein, dort ist Herr Ulrich schon wieder fleißig, und wir trinken noch einen Kaffee zusammen.

Die frühe Nachmittagsvorstellung an diesem sonntäglichen Abbautag ist sehr gut besucht, nur wenige Bänke ganz hinten sind unbesetzt. Franzi pirscht mal nicht mit abwesendem Gesichtsausdruck durch das Vorzelt, sondern steht ganz entspannt bei Malika am Tresen und bespricht etwas mit Gino. Ich gehe ins Chapiteau, dort ist eine Bombenstimmung. Man merkt auch gleich, dass die Artisten sehr viel freudiger arbeiten. Ausnahmsweise präsentiert der Chef seine Pferde selber, mit ihm gefällt mir die Nummer gleich zehnmal besser. Nicht viele Dresseure haben seine Ruhe, Gelassenheit und Ausstrahlung in der Manege.

Abends sind die Ränge schon ein bisschen leerer, aber das ist bei einer letzten Vorstellung nicht unüblich. Es geht immer noch das Gerücht herum, dass an einem Abbautag nur die Hälfte der Vorstellung gezeigt wird, was natürlich Quatsch ist.

In der Vorstellungspause mache ich meinen Camping schon mal reisefertig, drehe die Stützen hoch und rolle das Stromkabel ein. Dann gehe ich zum Sattelgang hinüber, wo auch die Raubtiercontainer stehen, und komme gerade noch rechtzeitig, um einen älteren Herrn daran zu hindern, die gestreiften „Kätzchen" hinterm Ohr zu kraulen. Der Tigerpfleger hat schon die Absperrgitter weggepackt, weil am Abbauabend die Pausentierschau nicht mehr geöffnet ist, aber er kann seine Augen auch nicht überall haben. Die Dummheit mancher Menschen ist einfach unbegreiflich.

Mit einem Brüller: "He, Sie da, Finger weg!", erschrecke ich den Herrn derart, dass er tatsächlich seine Hand, die er schon fast zwischen die Gitter gestreckt hat, wieder zurückzieht. Beleidigt und trotzig schaut er mich an.

„Das lasse ich mir nicht gefallen, mich so zu erschrecken, reden Sie gefälligst vernünftig mit mir, ja, also das verbitte ich mir!"

Sprachlos, und das kommt bei mir selten vor, starre ich ihn an und will gerade Luft holen, um ihm meine Meinung kund zu tun, als er sich umdreht und davon stolziert!

Ich bleibe zur Sicherheit vor den Raubtiercontainern stehen,  bis auch die restlichen Tiere aus der Manege zurück sind und die Klappen fest verschlossen werden.

Wie zu jeder Vorstellung sind auch heute ein halbes Dutzend Feuerwehrleute anwesend. Es ist ja nicht so, dass sie ihren Auftrag nicht ernst nehmen, auf dem ausgerollten Schlauch ist Druck, sie haben ihren Helm auf und den Koppel in Bereitschaft, aber  ich frag mich doch, ob es nötig ist, dass jeder seine gesamte Familie mitbringt, Frauen, Geschwister, Kinder? Der Circus muss brandschutz-technisch zu jeder Veranstaltung einige freiwillige Brandschutzbeauftragte dabei haben. Diese müssen bezahlt werden, denn sie tun ja Dienst. Dabei hat es sich nun so eingebürgert, dass immer öfter die ganze Verwandtschaft mitgeschleppt wird, die natürlich auf lau die Vorstellung schauen.

Kaum ist die letzte Musiknote vom Finale verklungen, beginnt auch schon der Abbau. Dieses faszinierende, organisierte Chaos, bei dem es der Zuschauer nicht glauben mag, dass tatsächlich jeder Handgriff sitzt und jeder, aber auch wirklich jeder, genau weiß, was er zu tun hat. Ich komme mir ziemlich doof vor, weil ich nichts zu tun habe, aber ich will mich da auch nicht einmischen, weil ich eh keine Ahnung habe, wer gerade was zu tun hat und so biete ich mich einigen Artisten als Helfer an. Ich schleppe mit Lorris seine Hunderequisten zum LKW und helfe Bruno beim Verpacken seines Todesrades. Dabei bemerke ich, dass die Silberfarbe schon ziemlich am Abbröckeln ist. Aber, kaum habe ich eine Bemerkung diesbezüglich gemacht, hab ich einen neuen Auftrag an der Backe. Als Malermeister sollte man auch nicht auf alle Anstrichdefizite eine Äußerung fallen lassen!

Bei den Artistencampingwagen herrscht schon reges Treiben und einer nach dem anderen reiht sich ein, um loszufahren. Auch ich hänge meinen Campingwagen an den Chevy und warte auf eine Lücke. Eigentlich fahren die Artisten ja recht flott von einer Stadt in die nächste, denn jeder will schnell ankommen und ins Bett, aber ein Transport ist echt laaangsam und genau dahinter hab ich mich eingereiht!

Annemaries Transport sollte eher in der Geisterbahn fahren und nicht auf der Straße. Wenn sie 50 km/h erreicht, dann scheint dies das höchste der Gefühle zu sein. Immer wieder überholen uns andere Transporte und auch ich überlege, an ihr vorbei zu ziehen, aber dann weiß ich nicht, wie ich zum Platz komme und außerdem hab ich ihr versprochen, dahinter zu bleiben. Doch ziemlich schnell macht sich Frust breit, ich konnte noch nie langsam fahren.

Auf der Autobahn erreicht die Kassenmaus doch tatsächlich 55 km/h, aber sie schert an der nächsten Raststätte aus und hält an der Zapfsäule. In dem Moment rauschen Lorris und Bruno mit ihren Riesenwohnwagen an uns vorbei, jetzt oder nie, denke ich, und hänge mich an die beiden dran. Na, die haben aber ein Tempo drauf! Ich versuche, dran zu bleiben, aber bei 110 km/h fällt mir ein, dass ich ja meinen Campingwagen hinten dran habe und lasse mich auf bequeme 80km/h heruntersinken. Dann sind Lorris und sein Bruder auch ganz schnell verschwunden und ich muss da alleine durch.

Auf dem Plan, der am schwarzen Brett hing, stand: Abfahrt Ansbach, dann kommt auf der rechten Seite ein Panzer, danach muss man links über eine Brücke und dann zweimal rechts, dort ist der Platz. Die Abfahrt finde ich, bloß keinen Panzer.

Na gut, etwas verloren irre ich durch den Ort, finde zu später Stunde tatsächlich noch ein Ehepaar, das mit ihrem Hund unterwegs ist, und frage nach dem Circusplatz. Beide haben aber völlig unterschiedliche Meinungen, wie man dort hinkommt und ich fahre weiter, lasse die beiden laut streitend am Bürgersteig stehen.

Am Bahnhof frage ich einen Taxifahrer, der mir den richtigen Weg weist. Jacomo ist mit dem einweisen der Wohnwagen beschäftigt und so bekomme ich sofort meinen Stellplatz. Mittlerweile ist auch Annemarie eingetroffen und wundert sich, dass ich schon da bin. Sie hatte gar nicht gemerkt, dass ich vorbei gefahren war.

Als Gino und Malika eintreffen, verabreden wir uns, noch etwas zu essen zu suchen, auch Bruno schließt sich an, ebenso Gitti, Robert und Schrammerl. Mittlerweile ist es 0:30 Uhr. Am Bahnhof finden wir ein Steakhaus, das tatsächlich noch offen hat, aber der Grill ist schon kalt, so macht uns der Wirt einige Pizzen, die einfach nur teuflisch gut schmecken. Zurück am Platz ist es schon wieder nach zwei Uhr und ich bin eingeschlafen, fast noch bevor ich im Bett bin.

Erschienen bei BOD, SP, ISBN 978-3-7376-3609-3

# *Leseprobe aus: Juri, das Circuskind*

Juri ist ein achtjähriger Junge, der sein bisheriges Leben im Circus verbracht hat. Mit seinen Eltern und Geschwistern tritt er mit Hunden und Pferden in der Manege auf. Hier beschreibt er aus seiner Sicht den Verlauf einer Circussaison, erzählt von lustigen und traurigen Erlebnissen des Circusalltags. Er lässt den Leser teilhaben an seinem Schulalltag, an den Reisen durch Europa und seinen manchmal beschwerlichen, manchmal auch aufregenden Erlebnissen mit Tieren und Artisten. Und weil er oft Dinge sieht, erlebt oder hört, die er nicht versteht, erzählt ihm seine Mutter jeden Abend eine andere Gutenachtgeschichte. Geschichten, die seine Fragen erklären und ihn ohne 'Ärger im Bauch' einschlafen lassen. Obwohl, wie er meint, der Ärger bei ihm eher im Kopf sitzt.

### Das Nilpferd rückt aus

Mann o Mann, heute war was los! Wir sind so schön am Spielen, haben unsere Clownnummer gerade angefangen. Giovanni spielt den Weißclown und Alex und ich sind die Auguste, das sind die mit den weiten Hosen und den roten Nasen. Wir stehen also vor dem Packwagen, in dem die Sitzeinrichtung transportiert wird. Wir spielen die richtige Clownnummer, die auch in der Vorstellung läuft, nach. Wir Circuskinder spielen nun mal am liebsten Circus. Deshalb müssen wir auch jeden Tag die Vorstellung anschauen, so dass wir jede Nummer genau kennen. Jeder von uns hat schon bald seine Lieblingsnummer, die wir nachspielen. Meine Lieblings-nummer in diesem Jahr ist die Clownnummer. Da können wir immer so schön schreien und Quatsch machen. Alex will eben auf den Wagen springen, um uns von dort oben zu dirigieren, als er auf einmal schreit:

„Juba, Juba!"

Juba ist unser Nilpferd und weil die Dame schon etwas älter ist, ist sie auch manchmal ziemlich gefährlich. Wir flitzen also wie der Blitz unter den Wagen und kauern uns an die Achse. Da kommt sie auch schon an gerollt, rund wie eine Straßenwalze und zwei Tonnen schwer. Das weiß ich aus der Schule. Dafür, dass sie so einen fetten Bauch hat, hat sie nur winzige und dünne Beine.

Alex klammert sich an mich und weint, so eine Angst hat er, die Memme. Ich sehe fasziniert, wie das Viech angerannt kommt und das mit Karacho, Mensch, das hätte ich der ja nie zugetraut. Neben dem Packwagen steht eine Frau, die mit ihrem Fahrrad in die Tierschau gekommen ist. Die hat vielleicht ein Glück! Ihr Fahrrad aber nicht, da rennt die Juba darüber und es ist danach platt wie eine Briefmarke. Die Frau steht stocksteif an den Packwagen gelehnt und sagt keinen Ton.

Giovanni bekommt als erster den Mund wieder auf.

„Mamma mia, da haben wir aber Glück gehabt!"

Alex will aufstehen und zu seiner Mutter laufen. Ich halte ihn fest.

„Alex, bleib bloß hier. Wir warten, bis die wieder in ihrem Gehege ist. Hier kann die uns nichts anhaben!"

„Meinst du, die geht alleine wieder heim?" will Giovanni wissen.

„Nee, bestimmt nicht. Ich hab's letztes Jahr gesehen, da ist sie in einen Fluss gerannt, schwupp, weg war sie. Erst am Abend hat Herr Houcke sie die da wieder raus gekriegt!"

Plötzlich sind Mirku und Yvonne bei uns unter dem Wagen.

„Schau, schau!", ruft Mirku und wir gucken alle in die Richtung, in die er zeigt.

Das Nilpferd rennt nicht mehr und steht mit wirbelnden Ohren und Schwanz vor Herrn Houcke, dem Dresseur. Er versucht mit einem Stöckchen und einer langen Peitsche, sie in die richtige Richtung zu dirigieren. Auf einmal reißt Juba ihr Maul auf und zeigt lange, spitze Hauer. Dabei lässt sie ein seltsames Gebrüll, eher so ein heiseres Gekrächze, hören. Das klingt ganz schrecklich und jagt uns einen Schauer über den Rücken. Aber der Dresseur lässt sich nicht einschüchtern und bleibt einfach stehen, redet mit dem Nilpferd und gibt ihr mit fester Stimme Befehle. Wir halten alle den Atem an.

„Ist das spannend!" sagt Mirku.

Plötzlich dreht sich Juba um und trottet ganz brav, so als wäre nie was gewesen, in ihr Gehege zurück. Ich spüre, wie ich wieder Luft hole und mir ist ein wenig schwindelig.

„Das ist in jedem Jahr so, mein Vater sagt, sie hat Frühlingsgefühle!", sagt Giovanni.

„Hä?? Was'n das?"

„Na, wenn es Frühling wird, dann kriegt man die, hat mein Vater gesagt, aber er hat dabei auch gelacht, vielleicht war das ein Scherz!"

Na, da muss ich aber Mama fragen, was das denn für komische Gefühle sein sollen!

Langsam trauen wir uns wieder unter dem Wagen hervor. Die Lust zum Spielen ist uns vergangen. Juba marschiert die Rampe zu ihrem Bassinwagen hoch. Sie rutscht mit einem wütenden Schnaufer, wie es uns scheint, ins Wasser, so dass das hoch auf schwappt und draußen runter platscht. Die Tierschaubesucher, die neugierig angerannt kommen, kriegen eine gehörige Portion von der stinkenden Brühe ab und Mirku bekommt einen Lachanfall.

„Morgen müssen wir einen Aufsatz über das Nilpferd schreiben, habt ihr schon alle Notizen zusammen!", will Giovanni wissen.

„Na, wenn wir bis jetzt nicht genug über ein Nilpferd wissen...!", meint Mirku bedeutungsvoll.

„Ich gehe jetzt zu Herrn Bemmerl, der weiß alles über Nilpferde und den Rest können wir ja aus dem Zoobuch lesen. Kommt ihr mit?", frage ich.

Mirku und Giovanni kommen dann mit mir zum Elefantenstall, da ist der Herr Bemmerl, der Elefantendompteur, der hat die Juba zusammen mit Herrn Houcke dressiert und weiß alles über sie. Herr Bemmerl ist gerade dabei, seine Elefanten für die Vorstellung einzufetten. Da werden die Füße und die Augen mit dunklem Fett beschmiert, das sieht gut aus und soll auch für die Haut gesund sein. Als wir ihn dann alles gefragt haben, gehen wir heim und schreiben alles auf. Dabei helfen wir uns gegenseitig und am Ende haben wir drei alle dieselben Notizen gemacht. Ich hoffe, dass wir für morgen genug über Nilpferde wissen. Susanne kann ganz schön grantig werden, wenn wir nicht gut vorbereitet sind.

In der Nacht träume ich von ganz vielen Straßenwalzen, die rollen über den Circus und machen alles platt wie ein Buch, aus dem man dann lesen kann. Das Komische ist, dass ich auch dabei bin und über mich selber lesen kann. Das finde ich lustig. Aber Mama sagt am Morgen, dass man nach solchen Erlebnissen schon richtig verrückte Träume haben kann. Ich frage sie dann auch nach den „Frühlingsgefühlen". Das ist am Frühstückstisch und Tanja, meine Schwester prustet plötzlich los, spuckt dann ihren Kakao quer über den Tisch und läuft hinaus. Als wir alles aufgewischt haben, muss ich zur Schule und weiß immer noch nicht, was es mit diesen Gefühlen auf sich hat.

Erschienen im ETS Verlag, ISBN 978-3-946308-26-3

# Leseprobe aus: Circus ohne Wenn und Aber

Kurzgeschichten aus dem Circusalltag, kompromisslos ehrlich und ohne Beschönigung, beschreiben sie das harte und doch so wunderbar aufregende Leben im Circus aus verschiedenen Perspektiven. Mal geht es um Die Freuden eines kleinen Stromers, der im Circus eine neue Familie findet, mal um die Unachtsamkeit eines verliebten Raubtierpflegers, die beinahe in einer Tragödie geendet hätte. Da ist die Mutter, die miterleben muss, wie ihre Tochter vom Trapez stürzt, Beobachtungen in der Tierschau, oder was geschieht, wenn sich zwei Löwen in Irland aus dem Staub machen. Nachdenkliche, traurige oder lustige Erzählungen, die aber immer eines sind: Ehrliche Circusgeschichten.

## Aussteigen verboten

Es ist eine regnerische und recht stürmische Nacht im irischen Westen. Noch während der zweite Teil der Vorstellung abläuft, fahren schon die ersten Wohnwagen vom Platz. Die Fahrt geht ins 60 Kilometer entfernte Galway. Die Chauffeure müssen mehrere Male fahren, bis der ganze Wagenpark in der nächsten Gastspielstadt angekommen ist, daher haben sie es eilig und drängen auf eine zügige Abfahrt. Windböen peitschen über den Platz und die Scheibenwischer schaffen es teilweise nicht, gegen die Wassermassen anzukommen. Die Stimmung ist gereizt, ein solches Wetter in der Abbaunacht ist so ziemlich das Letzte, was man sich beim Circus wünscht.

Drei Transporte sind schon unterwegs und Jeffrey, ein englischer Kraftfahrer, wartet in seiner Zugmaschine, dass die Raubtiernummer, die erste Nummer nach der Pause, beendet wird, so dass er seinen Transport endlich fahren kann. Kaum sind die Tiere zurück in den Käfigwagen, werden die vorderen Klappen verschlossen, angekoppelt war schon vorher. Die Löwen haben extra Stroh bekommen, so dass sie auf dieser ungemütlichen Fahrt nicht frieren. Der schwere Dieselmotor heult auf, mit einem Zischen füllen sich die Luftvorratsbehälter unter dem Anhänger, noch einmal wird die Beleuchtung kontrolliert, dann geht die Fahrt los. Die Wolkenfelder hängen tief und verschlucken die Straßenränder, die Bäume und Büsche, nur manchmal jagt eine Wolke am Mond vorbei und er blinzelt durch eine Lücke. Schnell verschluckt die Dunkelheit die Rücklichter; es wird eine lange Nacht werden.

Der Wind drückt heftig gegen die Seiten des hohen Tierwagens, Jeffrey muss höllisch aufpassen. Auch kann er nicht volle Geschwindigkeit fahren, sonst fegt ihn der Wind möglicherweise von der Straße. Kaum ist er vom Platz, bemerkt er, dass sein Feuerzeug leer ist.

"Auch das noch!" denkt er. "Heute Nacht kommt aber auch alles zusammen!"

Währenddessen verklingen im Chapiteau die letzten Melodien der Vorstellung. Das Publikum strömt zum vorderen Ausgang hinaus, hinten beginnen die Arbeiter schon mit dem Abhängen der Plane. Doch die Besucher bemerken davon nichts, sie eilen geschwind zu ihren Fahrzeugen, wollen nach Hause in die warme Stube. Um diese Uhrzeit ist kaum noch Verkehr auf den Straßen, nur die Circusbesucher strömen heimwärts, die Autos verteilen sich in alle Richtungen und bald sind nur noch vereinzelte Fahrer unterwegs. Am Stadtrand von Dunmore, vor der Auffahrt zur Schnellstraße, ist ein Stoppschild, Straßenlaternen gibt es keine, nur die reflektierenden Markierungen auf dem Asphalt weisen den Weg.

Steven Jones war in der Vorstellung. Eigentlich hatte er mit seinen betagten Eltern den Circus besuchen wollen, aber der Vater hatte sich eine Erkältung eingefangen, da hatte Steven die Karten an die Nachbarsleute verschenkt und war alleine gefahren. Schon als kleiner Junge war er immer mit seinen Eltern in den Circus gegangen, da konnte ihn auch das schlechte Wetter nicht abhalten. Doch jetzt ist er müde, in Gedanken bereits zu Hause, freut sich auf ein Bier und sein Bett. Er hält seinen Jeep an und schaut in beide Richtungen, verflixte Dunkelheit, bei dem Regen sieht man noch weniger als sonst! Schon will er wieder anfahren, da springen ihm plötzlich zwei große, gelbe Tiere vor den Kühler. Wie aus dem Nichts waren sie auf der linken Straßenseite aufgetaucht, bleiben einen Moment, vom Scheinwerferlicht geblendet, stehen und rennen dann leichtfüßig über die Fahrbahn, verschwinden auf der anderen Straßenseite im Dunkel der Nacht.

Steven sitzt erstarrt hinter dem Lenkrad.

"O my god, was war denn das?" Fassungslos starrt er nach rechts, doch es ist nichts mehr zu sehen. Er kann nicht glauben, was er gerade gesehen hat. Diese Tiere… Hunde? Doggen? Panik ergreift ihn, mit quietschenden Reifen gibt er Vollgas, nur weg von hier! Ein Stück weiter erspäht er eine Telefonzelle, vor einer Tankstelle die aber geschlossen ist, nur im Inneren der Zelle leuchtet eine schwache Lampe. Steven stürzt aus dem Wagen, das Herz klopft ihm bis zum Hals, panisch schaut er sich um, ob die Monsterhunde ihn verfolgen, nein, schnell die Tür der Telefonzelle zugezogen. Kleingeld, hoffentlich hat er Hartgeld in der Tasche. Ja, Gott sei Dank!

Schnell die 911 gewählt.

"Hallo! Polizei! Ich bin auf der Ausfallstraße von Dunmore, dort wo sie zur Schnellstraße nach Galway abzweigt, ich habe gerade zwei Riesendoggen oder so etwas Ähnliches gesehen. Sind mir vor den Wagen gesprungen, habe sie ganz deutlich gesehen, die standen im Scheinwerferlicht und haben mich angeknurrt! Was? Nein, nein, ich hab nichts getrunken…nein, Sir, ich bin nüchtern, kein Schluck hab ich getrunken…Steven Jones, ich wohne in Galway, natürlich bin ich mir sicher, … nein, Sir, ich halluziniere ganz bestimmt nicht, wo? Ich war auf dem Heimweg von einer Circusvorstellung, nein, Sir, ich habe nichts getrunken, ja, ist gut, ich komme morgen früh vorbei und unterschreibe das Protokoll, natürlich, Sir, aber Sie kümmern sich um die Tiere, ja, danke. Good night, Sir!"

Steven Jones rennt wieder zu seinem Auto, schnell springt er hinein und fährt, schneller als erlaubt, nach Hause, und er beruhigt sich erst, als er in seinem sicheren Wohnzimmer, mit einem Bier in der Hand, alle Rollladen herunterlässt und alle Lampen der Wohnung anzündet. Was für eine Nacht!

Im Polizeirevier von Dunmore sind inzwischen noch einige Anrufe eingegangen, alle sprachen von riesigen, hellen bis gelben Hunden mit sehr langen Ruten. Vielleicht auch sandfarben, wenige Anrufer können genaue Angaben machen, denn der Schreck der ersten Sichtung war immer zu groß. Eine Frau spricht von Ungeheuern, "größer als mein Auto", ein anderer Anrufer beschwert sich, dass er in seinem Garten unheimliches Gebrüll gehört hat, ein anderer Autofahrer ist geschockt, weil er, da er den Tieren ausweichen musste, im Graben gelandet war und von einem nachfolgenden Fahrer gerettet werden musste. Die Polizeistreife, die sofort in die Gegend geschickt wird, kann aber nichts Ungewöhnliches finden. Auch das Gebrüll im Garten ist, als die Polizisten eintreffen, nicht mehr zu hören.

Eine weitere Streife wird zum Circus geschickt. Vielleicht sind irgendwelche Tiere ausgebrochen? Doch in dem Durcheinander des Abbaus und dem noch immer anhaltenden Regen kann niemand ausfindig gemacht werden, der Auskunft geben kann. Eine Polizistin vermutet:

"Vielleicht sind Löwen ausgebrochen, lass uns doch mal fragen, wo die Tiere sind, da muss doch jemand sein, der das weiß?"

"Hallo, Sie da, haben Sie Löwen?"

"Nix verstehn!"

"Ich fragte, ob Sie Löwen im Circus haben!"

"Löwen, jaja, schon weg! Andere Stadt!"

"Na, der versteht mich nicht, ist denn hier keiner zuständig!"

Der junge Polizist stellt sich mitten in die Manege, um ihn herum bauen die Arbeiter unbeeindruckt weiter ab.

"Polizei!", schreit er. "Wer ist hier der Verantwortliche?"

Mit einem Schlag ist es totenstill. Alle stellen ihre Tätigkeit ein und starren die Polizisten an. Ein älterer Mann in einem gelben Regenmantel stürmt schnellen Schrittes durch das Zelt.

"Weitermachen!", brüllt er.

Und zu den Polizisten gewandt: „Was ist los!? Ist etwas passiert!? O Gott, hoffentlich kein Unfall, was…?"

"Nein, Sir", beruhigt ihn die Polizistin. "Wir suchen einen Verantwortlichen, weil uns gemeldet wurde, dass sich möglicherweise zwei Löwen in der Stadt herumtreiben. Haben Sie Löwen, Sir, und könnten da vielleicht welche ausgebrochen sein!?"

"Löwen? Natürlich haben wir Löwen, aber die sind schon unterwegs nach Galway, auf der Landstraße, vor etwa ein und halb Stunden abgefahren, wie, ausgebrochen? Das gibt es doch nicht?!"

"Sir, wir werden das überprüfen. Auf dem Weg nach Galway, sagen Sie? Wir schicken sofort jemanden hin!"

Die Zentrale wird verständigt.

"Ruft sofort in Galway an, die Kollegen sollen zum Circus fahren und dort jemanden finden, der die Löwen zählt, sagen Sie, dass möglicherweise zwei ausgebrochen sind!"

Jeffrey, der gegen Mitternacht auf dem Circusplatz in Galway eintrifft, ist nicht wenig erstaunt, dort einen Streifenwagen mit eingeschaltetem Blaulicht vorzufinden und den aufgeregten Dompteur der Löwen, Mister Chipperfield, in ungeduldiger Erwartung. Mit einem beklommenen Gefühl in der Magengegend steigt er aus dem Lastwagen als Chipperfield und die Polizisten auf ihn zu stürzen. Hat er etwas angestellt, vielleicht unbemerkt einen anderen Wagen beschädigt oder jemanden angefahren? Bei dem Wetter kriegt man nicht viel mit, was sich nicht im Scheinwerferlicht befindet.

"Jeffrey, hast du noch alle Löwen dabei?", erkundigt sich Chipperfield. "Hast du vielleicht welche verloren?"

"Was? Verloren? Löwen?"

Jeffrey schüttelt den Kopf.

"Als ich abfuhr waren sie noch alle drin!"

Alle rennen um die Wagen herum, Chipperfield will schon die Klappen öffnen, um seine Löwen zu zählen, als der Polizist sich meldet:

"Sir, hier steht eine Tür offen!"

"Jesus Christ, das darf doch nicht wahr sein!"

Sie leuchten in den Käfigwagen. Hinter weiteren Gitterstäben bewegen sich unruhige Leiber im Licht der Taschenlampen, doch das erste Käfigabteil ist leer….

"Wer hat die Türen verriegelt? Welcher Idiot war das?"

Chipperfield ist außer sich. Doch die Löwen sind weg, daran ist kein Zweifel.

"Sir, wie viele Löwen fehlen, bitte, prüfen Sie das!"

Chipperfield öffnet die Klappen. Verärgert fauchen die gelben Katzen in das störende Licht, erst das Gerüttel auf der Straße und nicht mal jetzt hat man seine Ruhe!!

"Hier sind Samba und Cleo, Sina und Peaches, Aida und Roma fehlen, zwei Löwinnen, die waren im hinteren Abteil, damned, damned, wir müssen so schnell wie möglich zurück, können Sie mich fahren, ich muss dort sein, auf mich hören sie Tiere, wenn das bloß kein Unglück gibt…!"

"Mister Chipperfield, was soll ich jetzt machen?"

"Jeffrey, du musst mit dem Löwenwagen zurück nach Dunmore, wir müssen die Tiere wieder in den Wagen bekommen, ich fahre schon mal vor, wir treffen uns am Platz in Dunmore!"

Unterwegs verständigen die Polizisten aus Galway ihre Kollegen in Dunmore, dass es sich tatsächlich um zwei Löwen handelt und dass der Dompteur auf dem Weg ist, ebenso wie der Käfigwagen.

Mehrere Streifenwagen, das heißt alle drei Streifenwagen des Ortes Dunmore, werden sofort auf die Straße geschickt. Ausschau halten, heißt es, langsam fahren und auf ungewöhnliche Tiere achten, sandfarbene Löwen, die sich vielleicht in der Nähe des Circusplatzes aufhalten, möglicherweise aber auch durch entferntere Gebiete streifen.

Zwei ältere Streifenbeamte, die kurzerhand aus dem Bett geklingelt worden waren, halten am Straßenrand, an einer weitläufigen Wiese, einer nimmt sein Fernglas heraus, als gerade der Mond wieder durch die Wolken blickt.

"Hier sehe ich nichts…!", als sein Partner ihn entgeistert am Ärmel zupft: "Da, da, schau nur!"

Im Mondschein sehen sie eine der Löwinnen, die sich tief geduckt an einen Esel anschleicht, der sich vor dem Regen unter einen Unterstand geflüchtet hat. Das Tier scheint zu dösen, halb im Schatten verborgen, denn es rührt sich nicht. Die Löwin kommt immer näher, schließlich schnuppert sie an der Fessel des Esels, der in diesem Moment einen lauten Schrei ausstößt:" Iaaaah, Iaaaah!" und mit aller Wucht nach hinten ausschlägt. Die Löwin wird punktgenau auf der Nase getroffen, dreht sich blitzschnell um und verschwindet hinter einer Hecke.

Die Polizisten schauen sich an.

"Hast du auch gerade gesehen, was ich gesehen habe?"

"Ich weiß nicht, was hast du denn gesehen?"

"Ich habe gesehen, wie ein irischer Esel einen afrikanischen Löwen verprügelt hat!"

"Dürfen wir das weiter erzählen oder werden wir dann wegen Trunkenheit im Dienst suspendiert?"

"Ich weiß nicht, vielleicht sagen wir nur, dass wir einen der Löwen gesehen haben!?"

"Ja, ich denke, das reicht!"

Zwischenzeitlich ist Mister Chipperfield wieder in Dunmore eingetroffen. Ein Anwohner meldet sich bei der Notrufzentrale, dass in seinem Garten ein Löwe sei, er habe das Tier bemerkt, als er aus dem Keller eine Kiste Bier holen wollte. Das Tier sei um seinen Geräteschuppen geschlichen und habe sich schließlich dort verkrochen. Er habe dann die Tür geschlossen, also bitte, er wollte ja nur melden, dass in seinem Geräteschuppen ein Löwe sei und ob bitte jemand vorbeikommen könne und ihn abholen? Er müsse nämlich am nächsten Tag die Hecke schneiden und die Heckenschere befindet sich dort drinnen.

Diesmal wird nicht nachgefragt, ob der Anrufer vielleicht betrunken sei. Chipperfield begibt sich mit einer Transportkiste, denn Jeffrey ist noch nicht eingetroffen, zur angegebenen Adresse, der Bewohner steht aufgeregt winkend am Gartentor. Die Kiste wird vor die Türe des Gartenhäuschen gestellt, noch ist sie leer und kann leicht manövriert werden, dann stellen einige Circusleute Gitterteile des Zentralkäfigs darum herum auf. Chipperfield öffnet die Tür und ruft seinen Löwen:"Aida, Roma (er weiß ja nicht, welcher), komm, am Platz, komm hier!" Aus dem Dunkel funkeln die Augen der Löwin, unruhig sitzt sie in der Ecke und faucht.

"Komm, meine Kleine, Ausflug ist zu Ende, komm nach Hause, komm!"

Die Löwin schlägt mit dem quasten bewehrten Schwanz auf die Erde. "Ach, du bist es, Aida, komm, mach keinen Blödsinn, komm, nach Hause!"

Er lockt sie mit einem Fleischstück, mit einem Satz springt das Tier auf und läuft in die Kiste, irgendwie erleichtert, dass dieser aufregende Ausflug ein Ende hat. Die Welt außerhalb der Gitterstäbe ist doch zu aufregend, da ist es in ihrem Abteil viel sicherer!! Schnell wird der Schieber der Kiste herunter gelassen, die Käfigteile abgebaut und dann mühen sich sechs Männer damit, die Kiste wieder zur Straße zu tragen. Der Garten ist eng und die Löwin mit der Kiste wiegt gut und gerne 200 Kilogramm, da gibt es ein Schieben und Stoßen, bis die Kiste auf der Straße steht. Hier soll Jeffrey den Löwen abholen, zwei Polizisten bleiben zur Bewachung dort, Chipperfield fährt weiter, dorthin, wo die andere Löwin, Roma, gesehen worden war.

Doch diese hatte genug von Nässe, Regen und Wind. Mittlerweile hatte sie den Weg zurück zum Circus gefunden, dort wo ihr in ihrer Erinnerung ein warmes Strohbett auf sie wartete und Futter, denn der Ausflug hatte sie doch recht hungrig gemacht. Langsam dämmert der Morgen. Zwar riecht es auf dem Platz noch nach Heimat, doch Roma kann weder ihre Gefährten noch ihr warmes Abteil finden. Zwei einsame Campingwagen stehen noch auf dem Platz, der Rest des Circus ist schon in der Nacht abgefahren.

Olly, der Clown, hat sehr schlecht geschlafen. Seit Tagen schon plagt ihn eine hartnäckige Erkältung, deswegen ist er in der Nacht nicht in die nächste Stadt gefahren. Er befürchtete außerdem, Fieber zu haben und war nach dem Abbau direkt ins Bett gegangen. Doch der Wind und der Regen, dazu der Lärm des Abbaus hatten ihn immer wieder aufgeweckt und er war erst spät in einen unruhigen Schlummer gefallen. Jetzt kommt das erste Morgengrauen durch die Gardinen seines Wohnmobils gekrochen und stöhnend wälzt er sich aus dem Bett. Ein durchaus menschliches Bedürfnis plagt ihn und da er weiß, dass der Circusplatz leer ist, öffnet er die Türe um diesem Drang in freier Wildbahn nachzukommen. Halb noch im Schlaf tapst er um die Ecke seines Wohnmobils und tastet nach dem Hosenschlitz. Gähnend öffnet er die Augen und...

"Oh, Shit...!"

Keine zwei Meter von ihm entfernt steht Roma. Sie hat eine blutverschmierte Schnauze und ihr Schwanz peitscht unruhig auf und ab. Die Löwin ist nass und offensichtlich "not amused". Olly erstarrt, mit einer Hand stützt er sich am Campingwagen ab, die andere hält sein "bestes Stück", aber der Drang, der ihn nach draußen getrieben hatte, ist verschwunden. Die beiden stehen Auge in Auge, Tier und Mensch scheinen zu überlegen. Die Zeit steht still, kein Laut ist zu hören. Da merkt Olly, dass er an der Leiter lehnt, die auf den Dach seines Wohnmobils führt. Die Leiter ist noch ausgeklappt, denn gestern hatte er die Antenne neu ausrichten müssen.

Trotz seiner mehr als 60 Jahre ist der Clown noch recht gelenkig. Aber er kann später nicht mehr erklären, wie er es schaffte, noch vor dem Löwen auf das sichere Dach seines Wohnmobils zu gelangen. Tatsache ist, dass die etwa eine Stunde später eintreffenden Polizisten, Mister Chipperfield sowie Jeffrey einen durchnässten, heftig niesenden Olly vorfinden, der auf dem Dach seines Wohnmobils ausharrt und die Löwin Roma, die unten herum schleicht und ihre "Beute" bewacht. Als die Polizeiwagen und der Transporter auf den Platz fahren, erschrickt die Löwin, duckt sich und rettet sich mit einem Sprung in Ollys Wohnwagen, der greift beherzt nach unten und schlägt die Tür zu.

"Hab dich!" ruft er befreit. "Aussteigen verboten!"

Erschienen bei BOD, SP, ISBN: 978-3-7357-4287-2

# Klappentext: Die Wächterin – Im Schatten der Priester

Im ersten Teil, *Im Schatten der Priester*, tritt die alte Hohepriesterin Merle ab und ihre Tochter wird als Nachfolgerin bestimmt. Doch niemand hat mit dem eigenen Willen der jungen Frau gerechnet. Denn Caja ist wild und denkt gar nicht daran, sich dem Willen der Priesterschaft zu beugen und den ihr vorbestimmten Gefährten zu wählen. Caja trifft ihre eigene Wahl und das stößt nicht bei allen Priestern auf Zustimmung. Caja muss für ihre Liebe kämpfen und gegen alle Gesetze der Unterwelt antreten. Nur mit Brianna an ihrer Seite stellt sie sich gegen die Übermacht und will doch nur ihre Liebe bewahren.

Im zweiten Teil, *Das Vermächtnis der Kustos*, wird die Unterwelt von einem Fluch bedroht, der nicht nur das Leben der Hesturen, der Tunnelpferde, sondern auch Cajas Tochter bedroht. Die Suche nach dem rettenden Gegenmittel reißt Cajas Gefährten in einen dunklen Strudel geheimnisvoller Gefahren, und nicht alle sind real.

Der dritte Teil, *Cajas wilde Tochter*, belegt wieder einmal, dass die Gene in jeder Familie weiter gegeben werden können. Denn Maryam ist genauso eigensinnig wie ihre Mutter und hat ganz eigene Pläne für ihre Zukunft.

Ein Roman aus der Unterwelt. Dort, wo die geheimnisvollen Tunnel die Energieportale der Erde verbinden und die intelligenten Tunnelpferde ihre jungen Reiter in Windeseile von einem Portal zum nächsten tragen.

Den Roman „Die Wächterin" und die Fortsetzung „Maryam – Im Schatten der Wölfe" habe ich unter dem Pseudonym „Mika Roux" veröffentlicht. Erschienen im Karina Verlag, Wien. ISBN 978-3-9611-1663-8

Mika Roux (Michaela Kaiser) ist 1955 in Berlin geboren und das Pseudonym der junggebliebenen Autorin. Ihre bisher veröffentlichen Werke sind allesamt biografischer Natur und zeugen von einem bewegten und abwechslungsreichen Leben. Erst vor wenigen Jahren ist sie im Münsterland sesshaft geworden und seitdem ist ihr das Hobby „Schreiben" zur Berufung geworden. Mittlerweile auch in zahlreichen Anthologien mit Kurzgeschichten aus unterschiedlichen Stilrichtungen vertreten, hat sie es doch mit diesem Roman wieder in ein ihr neues Genre geschafft. Mit „Die Wächterin" ist ein fantasievoller und abenteuerreicher Roman entstanden. Gefragt nach dem Ursprung der Idee, antwortete sie: „Ich hatte einen Traum und dann habe ich losgeschrieben." Das lässt uns hoffen, dass ihr noch viele schöne Träume gegönnt sind.

Bisher veröffentliche Werke (Michaela Kaiser):

Der steinige Weg
Wegbegleiter
Circus ohne Wenn und Aber
Mein Circustraum
Juri, das Circuskind
Flic Flac – Nicht irgendein Circus!?

Mitautorin in der Farbspielreihe des Karina Verlages

HP: www.michaelakaiser.jimdo.com
HP: www.debbie5657.de
Kontakt: mkaiser56@yahoo.com

Alle Bücher können, soweit noch vorrätig, direkt bei mir, dem Verlag oder über Amazon bestellt werden.